長編小説

田舎のふしだら団地妻

霧原一輝

竹書房文庫

目次

※この作品は竹書房文庫のために
書き下ろされたものです。

第一章　欲望を秘めた団地妻

1

工場からの帰りに、木村恭平《きむらきようへい》は従業員専用団地を仰《あお》ぎ見た。

S半導体工場五階建ての巨大社宅が四棟並んで、ほとんどの窓から明かりが洩《も》れている。

「ここの奥さんたちと、やりてえよな。みんな、きれいで垢《あか》抜けてるしな。このへんのクソみてえな田舎《いなか》女とは違う」

そう嘆息まじりに呟《つぶや》いたのは、前田竜成《まえだりゆうせい》。

木村恭平の先輩で、二十七歳の恭平より三つ歳上の三十歳。今はS半導体工場の運搬部で、トラックの運転手をしている。

恭平はどう言葉を返していいかわからず、じっと明かりが洩れる社宅の窓を見て、ここに住んでいる人妻たちを思い浮かべた。

確かに、女性の質が地元とは、まったく違う。

二人が生まれ育ったこの地方は、九州の西海岸から少し内陸に入ったところにある辺鄙《へんぴ》な村で、S工場が移転してくるまで、コンビニさえなかった。

ところが、政府の半導体製造強化策によって、半導体工場が巨大化してここに移転され、同時に元の従業員が家族共々引っ越してきて、巨大な社宅まで建てられた。

それ以降、この町は一気に活性化され、今ではコンビニやスーパーまである。

そして、地方再興のために地元の男女をなるべく多く雇用するという会社の方針で、それまで地元でくすぶっていた恭平と竜成も、この会社に雇い入れられ、今は商品管理部と運搬部で働いている。

巨大社宅を眺めていた恭平と竜成は、溜め息をつき、社宅に向かう。

二人の実家はここから離れたところにあるため、通うとなると自動車通勤になり、それなら、格安で提供される社宅に入ったほうが、何かと便利だった。

「明日は休みだし、恭平の部屋で呑《の》むか？　ビール持っていってやるからさ。どうせ、やることないんだろ？」

竜成が日焼けした顔を向けて、提案してきた。

「……いいですよ」

と、恭平は答える。

竜成の言うとおりで、何か予定があるわけではない。この一週間の商品管理の仕事でへとへとで、部屋に戻ったら、ネットの映像配信で映画でも見ながら、寝落ちするのは目に見えている。

恭平が社宅の部屋で、酒のツマミを用意して待っていると、竜成がやってきた。

運搬部のユニホームを着替えて、タンクトップにハーフパンツという格好だ。喧嘩に強くなるために体を鍛えたらしく、また今も、トラックの荷物の積み下ろしをしていることもあって、上腕二頭筋も太腿《ふともも》も太く、逞《たくま》しい。

精悍な顔をしているが、不良だった頃の名残があって、見る者にどこか危険な感じを与えてしまう。もっとも恭平は、強面《こわもて》の裏に潜む、竜成の意外なやさしさを体験して知っている。

二人は床のカーペットに胡座《あぐら》をかき、座卓に置いたポテトチップスとミックスチーズをツマミにして、ビールを呑んだ。竜成がしんみりとして言う。

「まさか、恭平と一緒に働くことになるとはな……お前は秀才で、俺は落ちこぼれだったわけだしな。だけど、まあよかったよな。恭平が教師辞めて、逃げ帰ってきたときは、まさかと思ったけどな」

恭平は関西の大学を卒業して、中学校の英語教師になった。

だが、自分には指導力というもっとも大切な資質が欠けていた。生徒にナメられ、言うことを聞いてもらえずに、最終的には学級崩壊の危機に陥《おちい》った。

恭平は教師である自分に完全に自信を失い、退職届を出して、一年前に地元に逃げ帰ってきた。

それ以来、両親の家で引きこもりのような生活をつづけてきた。

そんなとき、小中学のときの幼なじみであり、先輩だった前田竜成と偶然に呑み屋で逢った。

竜成は高校を中退し、当時は運送関係の仕事をしていた。持ち前の気の荒さで仲間や上司と対立することが多く、仕事を辞める、辞めないで揺れているようだった。

だが、恭平が教師を辞めた経緯を話すと、

『そのくらいで落ち込むなよ。お前のせいじゃない。生徒のなかにお前が気に入らないやつがいて、煽動《せんどう》したんだろ？　まだ、なったばかりの教師にそれに対応するのは無理だよ。俺もワルだったから、よくわかる。気を落とすなよ。運が悪かったんだ……それに、俺を見ろよ。高校中退で、しかも、会社も辞めさせられそうなんだぞ。俺に言わせれば、お前の悩みなんか贅沢の極みなんだよ……正直言うと、あの秀才が俺と同じ落ちこぼれになったんだから、ざまあみやがれって、感じだけどな』

そう大笑いされると、恭平は自分の悩みがかるくなるのを感じた。

それ以来、二人は呑み友だちになっていた。竜成のお蔭で、鬱々《うつうつ》としていた気持ちがほんの少しだが、晴れたことも確かだった。

そんなとき、地元に政府肝入りの巨大半導体工場が地元に完成し、恭平は周りの勧めもあって、社員になった。理工系でもないし、工場で働いたこともなかったので、商品管理部に配属された。

竜成にも勧めたところ、『やってみるか』と入社を希望し、トラック運転手としての経歴も買われて、入社できた。

竜成は運搬部でトラックの運転手を、恭平は商品管理部で在庫チェックなどの仕事をしている。

やり甲斐がある仕事とは言えないが、給料を貰えるだけで、よしとしなければいけない。そう必死に自分に言い聞かせていた。

「竜成さんにしては、真面目に仕事してますよね」

恭平が言うと、

「おい、こら。『俺にしては』って何だよ！　まあ、このへんの道のことは俺が一番よく知ってるしな。頼りにされると、人間、それに応えようとするもんらしい。これまでは、頼りにされたことがなかったからな」

竜成がやけに真面目に言った。よほど、頼りにされることがうれしいのだろう。

「だけど、アレだよな。社宅の奥さん連中、ほんと、そそられるよな。お洒落《しやれ》だし、化粧もちゃんとしてるし、なかには俺を誘っているんじゃないかってくらいに色気むんむんの奥さんもいるしな……ああ、誰でもいいから一発してえよ！」

竜成が一転して、とても当人たちには聞かせられないことを口走った。

気持ちはわからないでもない。確かに、社宅に住む女性は地元の女性とは一味も二味も違う。

洗練されているのは、会社が、移転する前に都会に近いところにあったからだろう。もちろん、都会的な女がすべて田舎の女より、いいというわけではない。地元の女性のなかにもいい女はいる。だが、圧倒的にその確率が違った。

それに、竜成がこれだけそそられるのは、竜成自身がこれまで都会に出たことがなく、都会の女コンプレックスのようなものがあるからだろうと思った。

「気持ちはわかるけど、強引に迫ったりしないでくださいよ。俺らなんか、温情で雇ってもらってるようなもんだから、下手《へた》なことしたら、一発でクビになりますからね」

「……だから、そこを上手《うま》くやるんだよ。同意の上でなら、やったっていいんだろ？　奥さんのなかには、三年経ったら、ダンナとセックスレスで欲求不満なのもいるだろうしさ……夫婦なんて、三年経ったら、セックスレスになるって言うしな。亭主が飽きるんだろうな。だけど、女って三十代になると、どんどんやりたくなるんだろ？　せっかく熟れてきたのに、熟れた果実を収穫しないのは、もったいないだろ？　俺らがその収穫係になりゃあ、いいんだよ。それって、むしろ人助けだろ？　違うか？」

竜成が酔いで赤くなった顔を向ける。

「……まあ、でも。会社以外のところでセフレを見つけたほうが、無難じゃないですかね」

「それがいないから、言ってるんだよ。もったいねえよ。熟れた果実が目の前にぶら下がってるのにな……俺は怖がられるけど、恭平ならお近づきになれるんじゃないか？　お前、意気地なしだけど、人当たりはいいからな。まああのイケメンだし、一見やさしそうに見えるじゃんか……お前が近づいて、俺が仕留めるってのが、いいんじゃないか？　なっ、二人で団地妻をやろうぜ。頼むよ、後輩」

まさかの提案をして、竜成が近寄ってきた。さらに、

「恭平、セフレいるのか？」

ビール臭い息で詰め寄ってくる。

「いないですよ。いるわけないでしょ」

「じゃあ、こっちのほうはどう処理してるんだ？　自分でシコシコやってるのか？」

竜成がにやにやしながら、ズボンの股間をつかもうとするので、

「やめてくださいよ」

と、恭平はその手を外した。

恭平は教師をしているときに、同じ大学出身の女教師と短い間、つきあっていた。だが、恭平が学級崩壊で懊悩《おうのう》する間に、女性とつきあえる状態ではなくなり、彼女は恭平のもとを去っていった。

『大丈夫、恭平さんならやれるわ。自信を持って』

悩んでいたとき、そう励ましてくれた彼女の期待に応えることができなかった。それが、今も恭平の人生に色濃く影を落としている。

「まあ、いいや。今のこと、考えておいてくれよ」

竜成は追及をやめると、酔いに任せて、過去の女とのセックスを語りだした。それ

は、なかなかにエグいセックスの自慢話だった。

2

一カ月後の夜、恭平は同じ社宅内にあるA棟303号室で、家庭教師をしていた。

教え子は、相澤明日香《あいざわあすか》。

いつもお世話になっている、商品管理部の相澤課長の娘だ。

明日香は中学三年生で、来年には高校受験を控えている。彼女も両親とともに移住してきたのだが、地元の中学のレベルの低さに、両親が不安を抱えていた。

それに、ここには塾というものがない。心配になった課長が、恭平が元中学教師だったことを知り、

『きみさえよければ、娘の家庭教師を頼まれてくれないか？　来年は高校受験を控えているんだ。今のままでは、心配でね。きみは真面目だし、教師の経験もあるから、信頼できる。もちろん、きみにはうちの仕事がある。だから、平日の夜間とか、土日とか、きみの都合を優先する。もちろん、報酬は弾《はず》む。頼むよ』

そう懇願されて、恭平は『自信がありません』といったん断った。だが、課長は諦

めなかった。

『一度、うちの娘に逢ってくれないか？　その上でやる気になったらでいいから、とにかく娘に逢ってやってくれ』

そう誘われて、娘の明日香に逢ったところ、この子ならしっかり教えれば伸びるだろうと確信を覚えたので、家庭教師を引き受けた。

明日香はクラス崩壊に陥ったかつての教え子たちとはまったく違って、とても素直ないい子だったからだ。

他にも、引き受けた理由は幾《いく》つかあった。

ひとつは、直属の上司の依頼であり、無下には断れなかったこと。

もうひとつは、明日香の母であり、課長の妻である相澤祥子《しょうこ》に対しての第一印象がすごく良かったことだ。

三十八歳らしいのだが、いわゆる癒《いや》し系の美人で、恭平を上目づかいで見るときの恥じらうような表情に男心をくすぐられた。

彼女に、『力になってください。お願いします』と頭をさげられたとき、恭平は家庭教師を引き受けることを決めた。

日曜日の昼間、恭平は明日香への家庭教師を終えて、帰り際に祥子に挨拶をした。

帰ろうとしたところで、引き止められた。

「カレーライスはお好きですか？」

祥子に訊《き》かれて、

「はい、好きです」

そう答えると、祥子がやさしげに微笑《ほほえ》んだ。

「よかったわ。祥子のために作ったんだけど、祥子はこれから女友だちと遊びに行くんですって……もし、よかったら食べていってくださいな」

祥子はにっこりとする。

少し迷ったが、ここでご馳走になっても、図々しいとは思われないだろう。それに、相澤課長は朝からゴルフに出かけているようだから、窮屈な思いはしなくていい。

「わかりました。では、お言葉に甘えさせていただきます」

恭平はダイニングキッチンのテーブルの前の椅子に腰かける。

祥子が用意をする間に、外出着に着替えた明日香が顔を出して、

「お母さん、行ってくるから……先生、お母さんのカレーすごく美味《おい》しいから、ゆっくりと味わってね。じゃあ、行ってきます！」

ミニスカート姿の明日香が勢いよく駆けだしていく。

小柄で、ボーイッシュな感じで、とにかく明るい。

祥子は娘を玄関で見送ってから、戻ってきた。

薄手の半袖ニットを着て、膝丈のスカートを穿いている。柔らかくウエーブしたミドルレングスの髪が癒し系の顔にさらっとかかっている。

目を奪われるのは、リブの入った夏用のニットを持ちあげている胸のふくらみの豊かさだ。横から見ると、直線的な上の斜面を下側の充実したふくらみが押し上げていて、気づくとその横乳を見てしまっている。

「わたしもいただくわね」

祥子は二人分のカレーライスを用意して、ダイニングテーブルに載せ、正面に腰をおろした。

恭平をちらりと上目づかいに見て、言った。

「お口に合うといいんだけど……どうぞ」

恭平は「いただきます」と手を合わせ、カレーとご飯を同時にすくって、口に運ぶ。

口に入れた瞬間、「美味しい！」という言葉が浮かび、咀嚼《そしゃく》するたびにコクを増した。

「美味しいです！　ルーも香り高いし、牛肉も煮込んであって、すごく柔らかい。初めてです。こんなに美味《うま》くて、コクのあるカレーは」

思わず感想を言うと、

「よかった……どんどん食べてね。いっぱい作ったから、お替わり自由ですから」

祥子はにこにこして言って、カレーを口に運ぶ。

そんな祥子を見るにつけ、胸の奥から何か甘いものが込み上げてくる。このやさしさと、くらくらするような色気に包まれたくなる。

恭平はお替わりをして、二皿を平らげてしまった。最近はレトルトカレーばかりだった。あらためて、手作りカレーのありがたみを感じた。

「木村さんの食べっぷりを見てて、うれしかったわ。二十七歳？」

「ああ、はい。そうです」

「主人は四十歳を過ぎてから、わたしの料理を美味しそうに食べてくれなくなった。飽きたのかしらね？」

「……」

「ゴメンなさい……おなか、いっぱいでしょ？　リビングでゆっくりしましょうか」

「でも……」

「大丈夫よ。主人も明日香も夕方までは帰ってこないから」

恭平は勧められるままに、隣室のソファに腰をおろした。

(今、祥子さんは確かに『大丈夫よ』と言った。そして、夫も娘も夕方まで帰ってこないと……)

言葉の意味を考えている間にも、祥子は食後のコーヒーを淹《い》れ、洗い物を終えて、ソファに腰をおろした。

恭平のすぐ隣に座った瞬間、フローラルな甘い微香が鼻先をくすぐる。

手を伸ばせば届く距離に、相澤祥子がいる。ニットに包まれた胸が、呼吸するたびに静かに波打っている。ボックススカートの裾《すそ》が少しずりあがって、閉じ合わされた膝とむっちりとした太腿がわずかにのぞいている。

恭平は肌が一気に汗ばむのを感じた。

教師のときに交際していた恋人と別れてから、女性と接したことはほぼなかった。だいたい、自分には女性とつきあう資格がないのだと感じていた。

コーヒーを啜《すす》ってから、祥子が言った。

「うちの明日香はどうですか? 成績あがりそうですか?」

「ええ、英語は確実にあがると思います。これまでは、ただ学習時間が少なかっただけですから。大丈夫です。明日香さんはやれば出来る子ですから」

「先生にそうおっしゃっていただけて、安心しました。やはり、教師だった方は違いますね」

「いえ、俺なんか……二年で辞めていますから」

恭平は事実を話した。

「失礼ですが、なぜお辞めになられたんですか？」

祥子が訊いてくる。家庭教師を受けている娘の母なら、当然抱く疑問だった。恭平もこれには真摯《しんし》に答えなければと思った。

包み隠さずに学級崩壊に至った経緯を話し、

「俺の指導力がなかったんです。多分、人間力の問題だと思います」

最後にそう言った。ウソ偽《いつわ》りのない言葉だった。

「それは先生がおやさしすぎたからだと思います」

祥子が恭平を見た。その寛容さを感じさせる目に、包み込まれるのを感じながら、言った。

「いえ、やさしいんじゃなくて、ただ優柔不断で、決断力もないし、意気地なしだったんです。それは本当の意味でのやさしさではありません。ただの弱さです」

心にあったことを口にしたとき、祥子の右手が伸びてきて、恭平の左手を握った。

恭平はハッとして、祥子を見た。

すると、祥子は恭平の左手を両手で包み込むようにして、恭平を見つめてくる。

(何だろう、これは？　同情してくれているのか、それとも……)

手のひらの柔らかさと温かみを感じて、恭平の心臓は高鳴り、股間のものが力を漲《みなぎ》らせるのを、はっきりと感じる。

「先生は本当に素敵な方です。ご自分に自信を持ってください」

「……いえ、でも……」

否定しようとしたとき、祥子が顔を寄せてきた。

あっと思ったときには、唇にキスをされていた。

びっくりして顔を引くと、

「ゴメンなさい。失礼なことをしました。ゴメンなさい」

祥子がうつむいた。ミドルレングスの髪に隠れた色白の顔がかすかに赤く染まっている。

「いえ、謝らなくていいです。俺はあの……」

逢ったときから、あなたに惹かれてました——そうつづけようとしたとき、祥子がそれを遮った。

「あまりお引き止めしても、いけませんね。先生にとっては貴重な休日ですものね」

祥子が席を立った。

恭平も立ちあがり、後ろ髪を引かれながらも、帰り支度をする。

3

金曜日の深夜、恭平は『スナック泉《いずみ》』の奥にあるテーブル席で、前田竜成とともに呑んでいた。

この昭和レトロ風のスナックはS半導体工場誘致以前からあって、工場から離れていることもあり、客のほとんどは地元民であり、工場移転以来、様変わりしてしまったこの町では、異質な存在だ。

社員の目や耳を気にする必要がないから、重宝している。竜成と再会したのも、この店だった。

竜成と酒を呑むのは、ひさしぶりだった。

お互いに酔ってきたときに、恭平はついつい家庭教師をしている中学生の母である相澤祥子が、魅力的な奥さんであることを口に出していた。

すると、竜成がにたっとして顔を寄せてきた。

「相澤祥子だろ？　知ってるよ。いい女だよな。だけど、亭主はそうは思っていないみたいだぜ」

「えっ……？」

「相澤課長、じつは事務の女と不倫してるらしいぞ」

「本当に？」

まさに寝耳に水だった。

「ああ……相手は田代麻紀《たしろまき》って言って、まだ若いぞ。確か、二十五歳だったかな。俺も彼女は知ってるんだけど、むちむちして明るい子だ。一目見て、ああ、この子ならってわかったよ。いかにもアレが好きそうで、ベッドでは大活躍しそうなタイプだ。あの奥さんもいい女だけど、もう三十八歳だし、若さでは負けるんじゃないか？　それに、娘が中三ってことは、結婚して最低十五年は経ってるってことだろ？　どんなにいい女でも、それだけ一緒にいりゃあ、飽きてくるよ……そうか、恭平は知らなかったのか？　もっと早く教えたほうがよかったかもな」

竜成がぐびっとビールのジョッキを傾けた。

恭平は呆然としてしまい、言葉が出ない。

あの真面目そうな相澤課長が社内不倫しているとは、にわかには信じられなかった。

「竜成さんの勘違いじゃないないのか？」

「ねえよ……俺は商品管理部の女の子に聞いたんだけど、移転メンバーのなかでは、けっこう有名な話らしいぞ。案外、あの奥さんも気づいているんじゃないか？」

（そうか、それで、あのとき俺にキスを……）

そう言われると、確かに辻褄《つじつま》が合う。夫に不倫されているから、寂しさを紛らわせるために家庭教師を……？

「どうしたんだよ？　思い当たる節があるって顔だな。ひょっとして、お前らもう出来てるとか？」

「それはない。びっくりしてるだけだ」

「……いいけどな。お前らが出来たときは、俺にもやらせろよ。あの奥さん、ふっくらした美人だし、オッパイもデカいし、けっこう激しそうだもんな」

「その話はもうやめよう！　で、竜成さんはガールフレンドできたんですか？」

恭平は話を打ち切りたくて、話題を変える。

「それだけどさ……」

竜成は顔を寄せて、若い事務員を落とせそうだという話をはじめた。

その話題も一段落して、竜成がトイレに立った。戻ってくるなり、恭平に耳打ちした。

「来てるぜ、相澤祥子」

そう小声で言って、カウンターのほうを見る。

恭平が立ちあがってカウンター席に目をやると、確かに、相澤祥子の横顔が見える。

びっくりした。恭平はカウンターに背中を向けているから、気づかなかった。

それに、娘のいる人妻がこんな遅い時間に、しかも地元民しか来ない時代遅れのスナックに来ていることが信じられない。

さらに驚いたのは、祥子が明らかにいつもとは雰囲気が違うことだ。

スツールに腰をおろした祥子は、足を組んでいて、セクシーなワンピースドレスを身につけていた。

しかも、ウイスキーの水割りを呑む横顔は憂《うれ》いに満ちている。

髪をかきあげるその仕種には、物憂げな女のエロスがむんむんと匂い立っていた。

その初めて見る祥子の表情に見とれていると、竜成が言った。

「おい、チャンスだぞ。あれは寂しくてしょうがないって女の顔だ。隣に行けよ。口説いてこいよ……そうか、俺が邪魔か。わかった。俺は先に帰るから……」

竜成はさっさと席を立ち、

「絶対に行けよ。ビビるんじゃないぞ……ここは俺が払っておくから」

テーブル席を離れ、祥子のそばを通り、支払いを済ませて、出て行く。

恭平はしばらくためらっていたが、ここは行くしかないと心に決めて、席を立つ。

カウンター席の祥子に近づいていくと、途中で気づいた祥子がハッとしたように目を見開いた。

「お隣、いいですか？」

「えっ、ああ、はい。どうぞ……」

まさか、ここで恭平と鉢合わせるとは思っていなかったのだろう、祥子は戸惑った様子でうなずいた。

「マスター、同じものをください」

バーテンダーに水割りを頼み、恭平は隣のスツールに腰をおろした。

祥子は気まずそうな顔をしていた。娘のいる三十八歳の団地妻が、深夜にレトロなスナックでひとり呑みしていることは、知られたくないはずだ。

「奥で呑んでいたので、奥さんを見つけて、びっくりしました。ここは、よく来られるんですか？」

恭平が様子見で訊ねると、祥子が小声で言った。

「これで、二回目です」

「そうですか……よくこんな目立たない店を見つけられましたね？」

「ええ……一度、前を通ったときに、この昭和レトロなスナックが素敵だなって」

「いいですよ、ここは。地元の人しか来ないし、落ちつきます」

「そうですね。確かに……」

そう答える祥子はもう酔いが進んでいるのか、色白の肌が仄《ほの》かなピンクに染まり、V字に切れ込んだワンピースの胸元から、乳房のたわわなふくらみと深い谷間がのぞいてしまっている。

子供がいる人妻が、身につける服装ではなかった。

恭平の気持ちを理解したのだろう、

「主人が出張で、明日の夜まで帰ってこないんですよ。娘が寝ついたので、たまにはと……」

祥子が自分から言い訳をする。疑問が脳裏を掠《かす》めた。

(おかしいな。相澤課長、今日も普通に出勤してたけどな……そうか、出張はウソで、不倫相手と一晩を過ごそうってことか)

会社に問い合わせれば、出張がウソだと簡単にばれるはずだ。ということは、お互いの暗黙の了承ってやつか？

祥子も、夫がウソをついて、事務の若い社員の田代麻紀と逢っていることをわかっていて、それを認めてしまっているのではないか？　あるいは、半ばわかっているが、真相を知るのが怖くて、あえてそこは追及しないのかもしれない。

いずれにしろ、相澤祥子は今、この瞬間に、夫が若い事務員を抱いているという事実に耐えきれなくて、酒で忘れようとしているのだろう。

そう考えれば、祥子がこの露出過多の格好でスナックで呑んでいる理由もわかる。

（地元の男に声をかけられたら、ついていくのではないか？）

そんな危うささえ感じてしまう。

「軽蔑なさるでしょ？　娘のいる人妻がこんな時間にひとりで呑んでいるなんて」

祥子がこちらの気持ちを先取りするように小声で言った。

「いえ……むしろ、奥さんをそうさせるダンナさんのほうに、憤《いきどお》りを感じますね」

恭平が言うと、祥子はハッとしたように恭平を見た。

「……出ませんか？　ここでは人目に触れます」

提案すると、祥子はその意味をはかっているようだったが、小さくうなずいた。

外に出ると、ほぼ満月が満天の星空に浮かび、本当は秘密にしたいのに、二人の姿を月明かりが青白く照らしてしまっていた。

祥子は人の目を気にしているのだろう、少し距離を取って、ついてくる。

恭平は団地へと戻る道をたどりながら、どこか人目のつかない場所をさがしていた。

この状況に、長い間眠っていた恭平のなかに住むオスが目を覚ましたようだった。

さがしていると、あった。

昔ながらの米屋と民家が並ぶその間の路地だ。ここなら、人目に触れることはない。

恭平は立ち止まり、遅れてついてきた祥子の手をつかんで、路地に引き入れた。

細い道を三メートルほど歩いて、祥子を米屋の塀に押しつけるようにして、そのカーディガンをはおった肢体を抱き寄せる。

「あっ……」

祥子は小さな声を洩らして、一瞬、両手を突っ張り、ダメっとでも言うように首を左右に振った。

「課長が不倫しているんでしょ?」

言うと、祥子の顔が引きつった。

「ご存じなんですか?」

「ええ、だいたいは……祥子さんがそんなダンナに操《みさお》を立てる必要ありませんよ」

祥子は押し黙ったまま、見あげてきた。

「初めてお逢いしたときから、惹かれていました。好きなんです」

恭平が顔を寄せると、

「……ダメ。やっぱりダメ……」

祥子が突き放そうとする。

「ダメじゃありません。祥子さんはなぜ今夜、このセクシーな格好でここに来たんですか？」

問うと、祥子が口ごもった。

「祥子さんはもう我慢の限界なんですよ……俺はあなたが好きです。それに、俺は絶対に黙っています、絶対に」

目を見て言って、もう一度唇を寄せた。

祥子は今度は拒まなかった。

少し顔を傾けて、キスを受け止める。ルージュの引かれた唇はぷにっとして柔らかく、弾力があり、その絶妙な感触と喘ぐような息づかいが、恭平を昂《たかぶ》らせる。

瞬時にして、股間のものが力を漲らせ、ズボンを突きあげる。

唇を合わせながら、祥子の背中と腰に手をまわして、ぎゅうと抱き寄せた。

するとと、ズボンを持ちあげたものが、祥子の腹部に触れて、その硬さを感じ取ったのか、急激に祥子の息づかいが乱れた。

正直、恭平はどうしていいのかわからなかった。女性に触れるのさえ、数年ぶりなのだ。

ひたすら髪を撫で、唇を重ねていると、恭平の背中にまわっていた祥子の右手がおずおずとおりていき、前にまわされる。

斜め上方に向かってエレクトしている男のシンボルを、ズボン越しに撫でさすってきた。大胆すぎる行為に驚いている間にも、祥子は勃起に沿って手のひらと指を走らせ、時々、ぎゅっと圧迫してくる。

ジンとした甘い疼《うず》きがうねりあがってきた。

パンパンに張りつめて感度を増した硬直を、ズボン越しにさすられると、わずかに残っていた理性が消えていく。

祥子はキスをやめて、ちらりと上目づかいで恭平をうかがってくる。

その潤んで、何かを求めるようなぼうっとした視線が、恭平を大胆にさせる。

「あなたとしたい。あなたを抱きたいんです」

思い切って、告白をした。

すると、祥子は周囲を見まわした。人影がないことを確認したのだろう、恭平を袋小路になっている路地の入口に背を向ける形で立たせる。

もう一度、路地の入口を見てから、スーッと前にしゃがんだ。

ベルトのバックルを外し、ズボンとブリーフを一気に膝まで引きおろす。ブリーフがおりた途端に肉棹《にくざお》がぶるんと頭を振って、飛び出してきた。

鋭角にいきりたつものを見て、祥子は微笑みながら、恭平を見あげる。

そそりたつ肉柱を握り、ゆっくりとしごき、それが一段と充実してくると、恭平を見あげて、

「カチカチだわ……」

髪をかきあげて、にこっとする。

それから、祥子は右手でローリングするように勃起をしごいて、恭平越しに路地の入口を見た。おそらく人影はなかったのだろう、ゆっくりと顔を寄せ、ちゅっ、ちゅっと先端についばむようにキスをする。

いきりたちの裏側に舌を這わせて、ツーッ、ツーッと舐《な》めあげてくる。

「お、あっ……」

思わず声が出た。

なめらかで温かい舌で裏筋を舐めあげられるたびに、ぞわぞわっとした快感が這いあがってきて、分身がますますギンとしてくる。

それを感じたのだろう、祥子は顔を傾けて、裏筋に舌を這わせながら、にこっとした。ツーッと舐めあげて、そのまま上から唇をかぶせてくる。

いきりたつものの根元を右手で握りながら、その手に唇が接するまで肉棹を頬張り、ゆっくりと顔を打ち振る。

包皮を下へと引っ張られていて、敏感なカリがあらわになっている。そこを柔らかでぬるっとした唇と舌で摩擦されると、甘い快感がすぐにジーンとした痺れに変わった。

(これは夢か……？)

相手がヤリマンの女だったらわかる。しかし、今、自分のものを頬張ってくれているのは、普段はやさしく控えめな人妻の鑑《かがみ》のような女性なのだ。

(夢みたいだ。気持ち良すぎる……！)

すでに、他人に見つかるという不安感は快感に席を譲ってしまっている。

うっとりして、自然に目を閉じた。すると、口腔の温かさや、唾液で潤った唇がすべっているのをはっきりと感じる。

目を開けると、路地の区切られた空間から、満月が出ているのが見える、満天の星をたたえた夜空が目に飛び込んでくる。

そのとき、握りしめていた指が遠ざかっていくのを感じた。下を見ると、祥子は口だけで分身を頬張っていた。

両手で恭平の腰をつかんで、引き寄せながら、

「んっ、んっ、んっ……」

激しく唇でしごいてくる。大きく胸の開いたワンピースドレスから、充実しきった鞠《まり》のような白い乳房がのぞいている。

「あ、くっ……！」

恭平は喘ぐ。根元近くまで口に含まれて、圧倒的な快感がうねりあがってくる。

ワンピースにカーディガンをはおった祥子は、片膝を土の地面に突いて、両手で腰を引き寄せながら、大胆に顔を打ち振っている。

ずりゅっ、ずりゅっと根元までしごかれると、熱く、爆《は》ぜそうな快感がうねりあがってきた。

（ダメだ。出そうだ……！）

思わず頭を押さえて、祥子の動きを止めた。すると、祥子は髪をかきあげて、どう

してという顔で恭平を見あげてきた。

「出してしまいそうです」

恭平が訴えると、祥子が硬直を吐きだして、言った。

「出してもいいんですよ」

「いや、それだと……」

射精してしまったら、後がつづかなくなる。祥子とひとつになりたい。そのために、射精はしたくなかった。

「それだと、何？」

祥子が小首を傾《かし》げて、見あげてくる。

「いや、あの……」

「いいんですよ。出しても。出してください。ちゃんと呑みますから」

そう言う祥子の瞳が月明かりを受けて、妖しく光っている。

「出してください。呑ませてください……」

ふたたび言って、祥子は肉棹の根元を握って、ゆったりとしごく。

はおったカーディガンからV字に切れ込んだワンピースドレスの胸元がのぞき、左右の丸々としたふくらみとそれが作る深い谷間が見える。

祥子に徐々に力強く勃起をしごかれると、甘い愉悦《ゆえつ》が急速にふくらんできた。

完全に理性を失う前に、恭平は後ろを向いて確認する。やはり、人影はない。

この時間、人通りはまずない。それに、たとえこの路地の前を通ったところで、声さえ出さなければ、二人に気づく者はいないはずだ。

下を見た。祥子は顔を横にして、ハーモニカでも吹くように肉茎の側面を表面にすべらせている。そのまま、上から頬張ってきた。

すっぽりと根元まで唇をかぶせて、ゆっくりと上下にすべらせる。その適度な圧迫感がたまらなかった。

湧きあがってくる快美がひと擦りごとにふくらんで、立っていることもつらくなった。

すると、祥子は右手で根元を握った。ほっそりした長い指を、血管の浮き出る肉茎にからみつかせて、往復させる。そして、同じリズムで唇をすべらせる。

ぎゅっ、ぎゅっと力強く、絞り出さんばかりに根元をしごかれ、ぷにっとした唇を往復されると、ジーンとした痺れにも似た快感がうねりあがってきた。

指と唇のピッチがあがり、恭平はいよいよ我慢できなくなった。

「ダメだ。出そうです」

思わず訴える。しかし、祥子はいさいかまわず力を込めて、情熱的にしごいてくる。

（気持ちいい……ダメだ。もう我慢できない……！）

尻が勝手にピクピクしてきた。

祥子が力強くしごいてきた。そうしながら、「んっ、んっ、んっ」と声を洩らして、顔を素早く打ち振る。

（出すのか……出すんだな）

恭平は月を仰ぎながら、目を閉じた。次の瞬間、堰《せき》を切ったように男液があふれだす。ドクッ、ドクッとしぶく男液を、祥子は眉根を寄せ、頬張ったまま受け止めている。

（ああ、俺は今、祥子さんの口に精液を注ぎ込んでいる！）

夢のような射精の快感が、全身を走り抜けていく。

放出を終えても、祥子はなおも頬を窄《すぼ》めて、残液を搾《しぼ》り取ろうとする。

それから、祥子は肉茎から口を離し、白濁液がこぼれないように口を手でふさいで、こくっ、こくっと控えめに喉を鳴らした。

思い切り精液を祥子の口にぶちまけても、なお、恭平の性欲はおさまらなかった。むしろ、強くなった。

4

「よかったら、俺の部屋に来ませんか？」

誘うと、祥子はためらっていたが、やがて、こくんとうなずいた。

恭平が借りているのは、四つある社宅の棟のうちのD棟で、祥子が住むA棟とはもっとも離れている。だが、どこに人の目があるかもわからない。

祥子に部屋のルームナンバーを教え、先に恭平が部屋に入った。しばらくして、インターフォンが鳴り、祥子を迎え入れる。

入るなり、祥子がシャワーを浴びたいと言うので、バスルームを貸した。さっき白濁液を呑んだので、嗽《うがい》もしたいのだろう。

祥子がシャワーを使う水音が洩れてきて、恭平は体の奥底が期待に打ち震えるのを感じた。しばらくして、祥子がバスタオルを裸身に巻いて、バスルームから出てきた。

胸から下に白いバスタオルを巻き、うつむいて近づいてくる祥子を見ると、下腹部のものが頭を持ちあげる。

ついさっき射精したばかりなのに、そんなことは忘れてしまったようにエレクトする分身を誇らしく感じた。

「あの、俺もシャワーを浴びてきます。ベッドで休んでいてください。帰らないでくださいね」

言うと、祥子は微笑しつつ、うなずいた。

恭平は急いでシャワーを浴びる。この空白の時間に祥子が我に返って、帰ってしまうことが怖かった。

たとえば、祥子の娘であり、恭平が家庭教師をしている明日香が、母がいないことに気づき、スマホに電話をかけることだってあるだろう。そうなったら、母としての自覚がよみがえってしまう可能性だってある。

恭平は慌ただしく体を拭いて、バスルームを出た。

(いた……！)

祥子は帰っていなかった。白いバスタオルを巻いたまま、窓のほうを向いて、シングルベッドに腰をおろしている。

全裸の恭平が近づいていくと、振り返って、下腹部のものがすでに頭を擡《もた》げているのを見、びっくりしたように目を見開いた。

視線を釘付けにされている祥子を見ながら、恭平は正面にまわり、ひざまずいた。

すると、祥子が言った。

「先生、今夜だけにしてくださいね。あなたは明日香の家庭教師です。明日香にだけは気づかれたくない。もちろん、夫にも」

「わかっています。祥子さんの立場は……だから、一度でもかまいません」

「最初にして、最後ですよ。約束を守れますか？」

「はい、お約束します。これ以上、せまることはしません」

「それなら……」

祥子は目を伏せて、胸に巻かれているバスタオルに手をかけた。白い布地が外されると、たわわで白い乳房がまろびでてきた。

こぼれでた乳房の豊かさに圧倒されながら、恭平はシングルベッドにそっと祥子を寝かせる。

自分のベッドに、相澤祥子が仰向《あおむ》けになり、両手をクロスして胸のふくらみを隠している。これが現実だとは信じがたい。

それでも、股間のものがますますギンとしてきて、恭平はその力の漲りに後押しされるように、祥子の裸身に覆いかぶさる。

祥子の手を胸から外して、かるく頭上に押さえつけた。

乳房をあらわにされて、祥子はこうすれば羞恥心が薄くなるとばかりに、顔を必要以上にそむけている。

三十八歳になっても、いまだ羞恥心を失っていない人妻に、恭平は強い欲望を覚える。

そして、目の前のおそらくEカップはあるだろう形よく盛りあがった乳房の肌は、青い血管が透けだすほどに薄く張りつめている。乳輪も乳首もとても明日香に授乳したとは思えないほどに透き通るようなピンクだった。

(こんなきれいで、豊かな乳房は見たことがない)

恭平は祥子の手を放して、両手でそっとふくらみを押し上げた。量感あふれる乳房が持ちあがって、その弾むような感触が心地いい。それに、重い。

少し上を向いた乳首が、恭平に向かって頭を擡げて、誘っているようだ。

顔を寄せ、いっぱいに出した舌で片方の乳首をそっとなぞりあげた。それだけで、

「んっ……!」

祥子はビクンと裸身を反らせた。

女性を抱くのは何年ぶりだろう。心の底には、上手くセックスできるだろうかという不安を抱えていた。

だが、今の反応だけで、不安が消え去っていく。

(そうなんだ。余計な心配をしなくていい。気持ちをぶつければ、祥子さんは受け止めてくれるはずだ)

恭平は自分の欲望に素直になることにした。

しっとりとして吸いつくような乳肌を揉みながら、様子を見た。

祥子は眉根を寄せていたが、柔らかく揉みあげるうちに、徐々に顎をせりあげ、気持ち良さそうに眉根をひろげる。

「ああぁ、ぁあぁぁぁ……」

と、手の甲を口に添えながら、抑えきれない声を洩らして、顔をのけぞらせる。

(よし、感じてくれている……！)

恭平は胸に顔を寄せた。さっきより尖《とが》っている乳首に円を描くように舌をまといつかせた。それから、ゆっくりと上下に舌を往復させる。

「んっ……んっ……」

必死にこらえていた祥子が、

「ぁあああ、気持ちいぃ……先生、気持ちいぃ」

顔を大きくのけぞらせる。

唾液でぬめる突起を、恭平がかるく吸うと、

「ぁあぅぅぅ……！」

祥子は喘ぎ声を爆発させて、いけないとばかりに手のひらを口に押し当てて、それを封じ込める。

今だとばかりに恭平が乳首をチュッ、チュッ、チューッと強弱つけて吸うと、

「はうんん……！」

祥子は仄白い喉元をさらしながら、洩れそうになる喘ぎを手のひらで押し殺す。

それでも、恭平が吐きだした乳首を指で転がしながら、頂上を舐めると、祥子はもうどうしていいのかわからないといった様子で、ぐぐっと胸をせりあげる。

女性がこんなにも感じてくれると、男も自信が持てる。

恭平は持てる限りのものをフル活動させて、片方の乳首を舌であやしながら、もう一方の乳房を揉みしだく。

透き通るようなピンクの乳首はいっそう硬く、しこってきて、指に当たる感触がコリコリしていた。

普段は柔らかいのに、女性の乳首は感じてくると、どうしてこんなにカチカチになるのだろう？

男根と一緒だなと思いつつ、丹念に片方の乳首を舌であやしながら、もう片方の乳房の先も指でつまんで転がす。それをつづけているうちに、

「ぁああ、先生……先生」

そう言う祥子の下腹部が、こらえきれないとでも言うように持ちあがってきた。

漆黒の台形の繊毛が張りつく恥丘を、ぐぐっ、ぐぐっとせりあげて、横に振る。

そこに触ってほしいのだろうと、恭平は右手を伸ばして、翳《かげ》りの底に押し当てた。

そこはすでに湿っていて、中指を這わせると、肉びらが割れて、

「あうぅぅぅ……！」

祥子がもっととばかりに恥丘を押しつけてくる。

相澤課長は工場がここに移転する前から、田代麻紀と不倫をしていたらしいから、祥子はきっともう何年も夫に抱かれていないのだろう。身体が熟れてくる三十八歳の女盛りで、セックスレスはきっとつらいだろう。寂しいだろう。

その満たされぬ身体が、今、夫の部下に抱かれて、燃え上がろうとしているのだ。

つくづく家庭教師を受けて良かったと思った。家庭教師をしていなければ、相澤祥

子との出逢いはなかったはずだ。

　巡り合わせの幸せを感じながら、恭平は乳首を舌で転がし、濡れ溝を指腹でノックしつづける。

　しばらくすると、ネチッ、ネチッと指腹に粘膜が吸いついては離れる音がつづいて、祥子はもっと触ってほしいとばかりに腰を浮かせ、濡れ溝を擦りつけてきた。

　おびただしく濡れた花芯を感じて、恭平は下半身のほうにまわり、すらりとした足をすくいあげた。

　這うようにして、太腿の奥へと顔を寄せる。

　ふっくらとした肉びらが狭間《はざま》を閉ざしていて、左右の陰唇に指を添えると、肉びらがひろがって、赤い内部が姿を現した。とろとろした透明な蜜が複雑な内部を覆っている。

「ああ、恥ずかしいわ」

　祥子が顔を逸《そ》らして、手の甲を口に当てた。

「きれいなオマンコだ。こんなきれいなオマンコ、初めてです」

　本心だった。恭平が褒めると、安心したのか、祥子の身体から強張《こわば》りが消えた。

　恭平はぐっと顔を寄せて、狭間を下から上へと舐めあげる。いっぱいに伸ばした舌

が潤みきった粘膜をなぞりあげていくと、

「ぁああ、気持ちいい……」

祥子は心の底から感じている声をあげて、右手の人差し指を噛《か》んだ。

恭平もそのプレーンヨーグルトに似た淡い味覚を感じながら、何度も舌を走らせる。

唾液に濡れた柔らかな肉片がそこをなぞると、祥子の腰がもどかしそうに揺れはじめた。

「ぁああ、あああ、気持ちいい……いけないことをしているのに……ぁああ、ゴメンなさい。わたし、きっとへんなんだわ」

祥子がのけぞりながら、言う。

「へんじゃないですよ。俺、祥子さんに感じてもらえば、うれしいです。すごく昂奮《こうふん》しています。俺のほうこそ、おかしくなりそうです」

そう言って、恭平は狭間を舐めあげていき、そのまま上方の肉芽をピンと弾《はじ》いた。

「ああん……！」

祥子が一段と激しく顎を突きあげて、びくんと痙攣《けいれん》する。

(やっぱり、クリトリスがいちばん感じるんだな)

恭平は陰核に攻撃目標を定めて、笹舟形《ささぶね》の女性器の上方に舌を走らせる。突き出し

ている小さな突起をゆっくりと何度も舐めあげると、

「ぁあああ、あああああ……」

祥子が下腹部を持ちあげて、ねだってくる。

恭平はおずおずと指腹で包皮を引っ張りあげた。つるっと鞘《さや》が剝《む》けて、本体がぬっと姿を現した。

おかめの顔をした突起が、珊瑚《さんご》色の真珠のような光沢を放っている。

女性の性感帯が集約されたこの小さな器官がすごく敏感で、繊細な箇所であることは、これまでの経験でわかっている。

恭平はちゅっ、ちゅっと肉真珠にやさしくキスをする。

包皮を剝きあげたまま、たっぷりの唾液を塗りつける。そこが唾液でまみれると、ゆっくりと舌をつかった。

強く速く動かそうとすると、舌自体が硬くなってしまい、ザラザラしたヤスリで擦られているようで痛く感じると、別れた彼女から言われたことがある。

舌を硬くしないように、ゆっくりと力を抜いて、全体でなぞりあげる。それをつづけていくと、祥子の気配が変わった。

「ぁああ、気持ちいいの。本当に気持ちいい……先生、お上手よ。ぁあああ、我慢できない……下のほうも指でして……」

祥子がせがんでくる。

女性からこうしてほしいと言われるのは、いいことだ。求められていることを実行することによって、女性が高まる。そうなれば、男も昂奮する。

恭平はまだ数人の女性しか体験がないが、そのくらいはわかる。

一生懸命、クリトリスを舌で転がしながら、右手をおろしていき、膣口《ちつこう》のあたりをかるく叩いた。指でかるくリズムを取っている感じだ。

ネチッ、ネチッと淫らな音とともに、濡れた粘膜が指腹に吸いついてくる。

(指を入れてもいいんだろうか？　これだけ求めているんだから、いやじゃないはずだ)

淫蜜で濡れた中指でそっと押すと、入口を突破した中指がぬるりと嵌《は》まり込んでいって、

「あああうぅぅ……！」

祥子が眉根を寄せて、顔をのけぞらせる。

「大丈夫ですか？」

「ええ……大丈夫よ」

祥子が顔を持ちあげて、恭平を見る。アーモンド形の目は潤みきり、どこかぼぅとしている。女性が性感を昂らせているときの顔だ。

ゆっくりと中指を抜き差しすると、内部の粘膜がまったりとからみついてくる。上方のスポットを擦りあげた。

「あああ、そこ……！」

祥子は歓喜の声をあげ、焦《じ》れったいとばかりに自分から腰を振りはじめた。

細い中指を目一杯味わおうとでも言うように、腰を上げ下げしながら、中指を締めつけてくる。

その、女の情欲をあらわにした腰振りが、恭平をさらに昂奮状態へと押し上げる。

恭平は上方の肉芽を舌であやしつつ、腰の動きにつれて、指を抜き差しする。ぐちゅ、ぐちゅと淫らな音とともに淫蜜がすくいだされて、

「ああああ、先生……もう欲しい。先生のおチンチンが欲しい！」

祥子が切々と訴えてきた。祥子が『おチンチン』と言うと、まったく下品な感じはなく、むしろ、かわいい。

恭平は顔をあげて、両膝をすくいあげる。

片足を放して、ギンギンにいきりたっているもので膣口をさがした。何度やっても、

膣口を一発で見つけるのは難しい。

濡れ溝をすべらせていき、それらしきところに押し当てた。

慎重に腰を進めると、ふくれあがった亀頭部が狭い入口をこじ開けた。さらに力を入れると、膣内を押し広げていく確かな感触があって、

「はうぅぅ……！」

祥子が大きく顔をのけぞらせる。

「あ、くっ……！」

と、恭平も奥歯を食いしばる。

そこは、熱いと感じるほどで、まだピストンしていないのに、粘膜がざわめきながらうごめくようにして、まとわりついてくる。

(ああ、女性のなかは、こんなにも気持ちいいものだったのか……！)

きっと、それは祥子が三十八歳の人妻だからだろう。熟れているからこそ、こんなにねっとりとからみついてくるのだ。

恭平がもたらされる快感を味わっていると、焦れたように祥子が腰をくねらせはじめた。

早く、突いてと、おねだりしているのだ。

恭平も期待に応えようと、ゆっくりと腰を振りはじめる。

両膝の裏をつかんで、押し広げながら、ずりゅっ、ずりゅっといきりたちを沈み込ませていく。

「あっ……あっ……んっ」

奥を突かれるたびに、祥子はのけぞりながら、乳房を波打たせる。

ここが団地の部屋であることが脳裏の片隅に残っているのだろう、必死に右手の甲を口に押し当てて、喘ぎ声を抑えている。

それでも、恭平が徐々にストロークを速く、深くしていくと、

「あんっ……あんっ……いや、声が……！」

と、今度は手のひらで喘ぎ声を封じようとする。

恭平はもっと強く叩き込みたかった。だが、気を抜けば放ってしまいそうな快感が下腹部にひろがってきて、それから逃れようと、膝を放して、覆いかぶさっていく。

折り重なると、祥子がキスをせがんできた。

恭平も唇を合わせる。その間、ストロークは止めている。

抱き寄せるようにして、おずおずと舌を差し出すと、祥子の舌がからんできた。

恭平を両手で抱きしめながら、舌を求め、唇を吸う。

これまで必死に抑えていたものを解き放ったような情熱的なディープキスが、恭平の心身をとろとろに溶かす。イチモツだけはますますギンとしてくる。

自分でも漲っているとわかる硬直を、恭平は打ち込みはじめる。腕立て伏せの形でぴったりと下半身を合わせて、しゃくりあげた。

いきりたちがしなりながら、クリトリスを巻き込んで、熱く蕩《とろ》けた体内をえぐっていき、

「ぁああ、すごい……ぁあああうぅぅ！」

祥子はのけぞりながら、恭平の腕にしがみついて、ぎゅっと握る。

その姿勢で、強く打ち据えると、

「ぁあああ……！」

祥子は顎を突きあげて、凄絶に喘いだ。

すでに、ここが社宅であることも脳裏から消えてしまっているのか、今にも泣きださんばかりに眉を八の字に折って、

「あんっ、あんっ、あんっ……」

心から感じている声を放つ。

セミロングのかるくウエーブした髪が乱れ、枕にひろがっていた。顔を大きくのけ

ぞらせているので、高い鼻梁と開いた口が見える。

(ダメだ。出そうだ!)

恭平はとっさに体位を変える。

5

仰向けに寝た恭平に、祥子がまたがってきた。

淫蜜にまみれた肉柱を導いて、慎重に腰を沈めてくる。

いきりたちが熱い肉路をこじ開けていき、

「ああうぅぅ……!」

祥子は顔を撥《は》ねあげながら、苦しそうに眉根を寄せた。きっと、自分の体重を受けて、切っ先が子宮口近くまで届いているからだろう。

だが、それも一瞬で、祥子は腰を振りはじめた。

両膝をぺたんとシーツに突いた姿勢で、何かにせかされているように腰を前後に打ち振り、

「いいの……ぴったりよ。ぴったりなの……ぁああ、先生のおチンチンが奥をぐり

ぐりしてくる。ぁあああ、いやっ、止まらない。止まらないのよ……ぁあうぅぅ」

祥子はさしせまった様子で口走りながら、ぐいぐいと腰を前後に打ち振る。

そのたびに、内部におさまった分身を揉み抜かれて、恭平もぐっと奥歯を食いしばらなければいけなかった。

そのとき、祥子が後ろに両手を突いて、上体を後ろに反らせた。

同時に、足を大きくM字に開いたので、接合部分が恭平の目に飛び込んできた。

「ぁあ、恥ずかしい……見ないで」

そう羞《は》じらいながらも、祥子は下半身を後ろに引いて、前にせりだしてくる。そのたびに、台形に繁茂した恥毛の底に、濡れた肉柱が出入りする。

恭平はその淫らな光景に、目を釘付けにされる。

のけぞって、髪を後ろに垂らしながら、さかんに腰を振る祥子。

たわわすぎる乳房が強調され、淡いピンクの乳首がツンと上を向いている。

見ないでと言う割には大胆に足を開き、結合部分をさらしてしまっている。

腰振りが徐々に激しくなり、ぐりぐりと膣を擦りつけながら、

「ぁあ、止まらない……先生、どうしよう？」

潤んだ目を向けて、訴えてくる。

「……こっちに」

誘うと、祥子は上体を立てた。そのまま抱きついてくると思ったのだが、それはせずに、腰を縦に振りはじめた。

両膝を開き、上体をほぼ垂直に立て、全身を上げ下げして、

「あんっ、あんっ、あんっ……！」

喘ぎ声をスタッカートさせる。

すごい光景だった。

あの相澤祥子が自分の腹の上で、スクワットでもするように激しく尻を叩きつけてくる。その長い間の空閨《くうけい》を埋めようとでもするような性急な動きが、その女の性をあらわにした姿が、恭平を激しく駆り立てる。

それから、祥子は両手を恭平の胸板に突いた。

前屈みになって、潤んだ瞳でじっと恭平を見つめながら、腰を持ちあげて、叩きつけてくる。何度も繰り返すうちに、ふっと目を閉じて、言った。

「あっ、あっ……ぁあああ、イキそう。先生、わたし、イクわ」

「いいですよ。イッてほしい」

「本当に？　わたしを淫乱だと思わない？」

「全然……むしろ、愛《いと》おしいです。俺は、感じやすい祥子さんが大好きです」

恭平が答えると、ふたたび祥子が腰をつかいはじめた。前屈みになって、腰を振りあげ、振りおろす。パチン、パチンと尻が腹を叩く音がして、

「あっ……あっ……ぁあああ、イキそう……」

切羽詰まった様子で、眉を八の字に折る。

「いいですよ」

恭平がたてつづけに下から突きあげたとき、

「……イクぅ……」

祥子はぐんと上体をしならせて、のけぞると、がくん、がくんと揺れながら、前に倒れて、恭平にしがみついてきた。

(祥子さんがイッてくれた！)

恭平は至福にひたった。

これまで、女性をイカせたことなど数えるほどしかない。それだって、相手の演技だったかもしれない。だが、祥子は間違いなく絶頂に達した。

だが、恭平が満足したのも一瞬で、今度は自分で動いて、祥子をイカせたくなった。

恭平は奇跡的に射精を免《まぬが》れていたからだ。

ぐったりしている祥子を上からおろし、四つん這いになるように言う。

すると、祥子は緩慢な動作でベッドに這った。

両肘と両膝を突いて、尻を突き出してくる。

身体が柔らかいのだろう。その女豹《めひょう》のポーズが祥子にはよく似合った。とてもエロくて、男をかきたてる。

恭平は真後ろについて、身を屈め、尻たぶの底を舐めた。

いまだ閉じきらない膣口に舌を走らせると、

「ぁあああ……気持ちいぃ」

祥子は至福の声をあげて、顔をあげる。

開いている肉びらの狭間に、ぬめ光る濃いピンクの粘膜がのぞいている。そこを丁寧に舐めると、祥子は「ぁああ……」と蕩けるような声を洩らして、背中をしならせる。

恭平は上体を起こして、いきりたちを押し当てた。埋め込んでいくと、さっきより柔らかくなった膣がまったりと分身を包み込んできた。

(そうか……女性は絶頂に達すると、ここの具合が一段と良くなるんだな)

ゆっくりと抜き差しをする。

さっきより、ずっと気持ちいい。きっと余分な力が抜けて、膣の内部がまとわりついてくるのだ。ピストンしても、隙間なく張りついた粘膜が勃起全体にからみついてくるのを感じる。

「ああ、吸いついてくる。祥子さんのここが、吸いついてきます」

思わず言うと、

「わたしもすごくいい……埋め尽くしてくるのよ。先生のあれがいっぱいに……。ああ、突いてください。わたしをメチャクチャにして、お願い！」

祥子がさしせまった様子で訴えてくる。

その言葉が、恭平の背中を押した。

くびれた腰をつかみ寄せて、徐々にストロークを強くしていく。まとわりついてくる肉襞《の》を押し退けるように抜き差しを繰り返すと、

「あんっ、あんっ、あんっ……ああ、すごい……」

祥子がそう口にしながら、もっととばかりに腰を突き出してくる。

恭平がわざと動きを止めると、どうしてなの？　と言わんばかりに、尻を揺すりながら突き出してくる。みずから腰を前後に打ち振って、

「ああ、苛《いじ》めないで……」

尻を焦れったそうに打ち振る。

「行きますよ」

恭平はストロークを再開する。右手を後ろに引き寄せて、自分はのけぞるようにして、ぐいぐいと打ち込む。

腕を引かれて、ストロークのパワーを逃がす術《すべ》を失った祥子は、下を向いた乳房をぶるん、ぶるるんと揺らしながら、

「ぁあああ、すごい。すごいのよ！　奥がいいの。奥にちょうだい。あんっ、あんっ、あんっ」

右手を後ろに引っ張られた姿勢で、逼迫《ひっぱく》した声を放つ。もうここがどこであるか、頭から消えてしまっているのだろう。

両隣には、恭平と同じ独身の男性社員が住んでいるが、たとえ聞こえたってかまわない。そう思うほどに、恭平も昂奮している。

ひと突きするごとに、下腹部の甘い熱気が急速にひろがって、それが爆ぜようとしている。

(ダメだ。もう我慢できない！)

射精覚悟で打ち込んだとき、祥子の様子がさらに、さしせまってきた。

「あん、あん、あん……ああ、すごい……イキそう。わたし、またイキそう……イッていい？」

「いいですよ。俺も出します」

「ああ、ちょうだい。先生、いっぱいちょうだい！」

「そうら……！」

恭平が残っている力を振り絞って、つづけざまに叩きつけたとき、

「イク、イク、イキます……イクぅ……あはっ！」

最後に生臭く喘いで、祥子がのけぞった。

それから、がくん、がくんと躍りあがる。

駄目押しとばかりにもうひと突きしたとき、恭平も熱い男液をしぶかせていた。

精液が噴き出る熱い快感が走り抜け、恭平は腰を痙攣させながらも、男液を放ちつづけた。

第二章　拘束セックスで絶頂

1

夕方、商品の運送を終えた前田竜成はトラックを所定の位置に停めて、商品管理部のオフィスに向かった。

管理部で事務の仕事をしている清水遥香《しみずはるか》に逢って、デートに誘うためだ。

遥香は二十三歳の新入社員で、先日、木村恭平に『落とせそうな若い女がいる』と話したその女である。

緊密な関係が必要な商品管理部と運搬部の合同懇親会が、一カ月前にあった。

随分と若くて、元気のいい女性社員がいるなと思って、ちらちら見ていたら、

『あの子はダメだぞ。遥香ちゃんは、経理の清水部長の娘さんだから』

と、同僚に言われた。

(おそらく、オヤジのコネで入れたんだろうな。男好きがするタイプだけど、部長の娘じゃ手を出せないよな)

そう諦めていた。

だが、奇跡が起こった。

二次会のカラオケで、竜成のオハコである尾崎豊の『I LOVE YOU』を熱唱したところ、いきなり遥香が近づいてきた。そして、『良かったです。わたし、ジンときました』と、竜成の手を両手で握ってきたのだ。

自分はセックスとカラオケだけは上手いと思っている。尾崎豊を歌って、逆に引く女もいる。だが、なかには、瞳を潤ませる女もいる。

清水遥香は後者だった。きっと、竜成にベッドが軋むほどに抱かれるところを想像しているのだ。そういう女はやり方さえ間違えなければ、まず落とせる。

だが、問題は遥香が経理部長の娘であることだ。

遊び半分で抱いて、それが清水部長に知れたら、きっと自分はクビになる。ならなくても冷遇されることは確実だ。前にいた弱小会社なら、そんなことは考えなかった。

だが、ここは待遇も給料もいい。今、クビにはなりたくない。

オフィスに入っていくと、着物姿の三十代半ばだろう美人が、遥香と話していた。

（んっ、誰だろう？）

二人は随分と親しそうで、会話が弾んでいる。

遥香と話している美女の横顔を見た途端に、甘い戦慄が走った。

胸を撃ち抜かれたような衝撃だった。男は運命の女に出逢うときは、一目見ただけで、天命を感じるという。おそらく、それだ。

全身が雷に撃たれたようだった。

この運命の女の正体を知りたくなった。なぜ、遥香とあんな親しそうに会話をしているのだろう？

そばを通りかかった、若い男性社員に訊いた。

「清水さんと話してるあの方は、どなたですか？」

「知らないんですか？　清水さんのお母さんですよ。確か、美千代《みちよ》さんだったかな」

若い社員がまさかのことを言った。

「えっ……だけど、母子《おやこ》にしては歳が近すぎでしょう？」

「ああ、それは彼女が清水部長の後妻だからですよ……美千代さんが三十六歳で、遥香さんが二十三歳だったかな」

「……じゃあ、遥香さんは部長の連れ子ってことか？」

「そうなりますね……じゃあ、忙しいので」

若い社員が去っていった。

（知らなかったな……遥香には、こんな美人の継母《ままはは》がいたんだな）

竜成が物陰で二人を見守っていると、美千代が社員に丁寧な挨拶をしてから、出入り口にやってきた。

そこで佇《たたず》んでいる竜成には目もくれず、いっさい無視して、廊下に出ていった。

（くそっ、俺を完全無視しやがった……！）

その瞬間、竜成の心の奥で邪悪な感情が顔をのぞかせた。

（スーツを着た社員にはおべっか使っているのに、作業着を着た肉体労働者は無視かよ）

一目惚《ひとめぼ》れした女だけに、相反する感情が芽生える。

ひとりになった遥香が、竜成に気づいて近寄ってきた。

「来てくれていたの？　気づかなかったわ」

にこにこして言う。

「ちょっと、外に……」

廊下に出たところで、竜成は訊いた。

「さっきの人、お母さんだって？」

「そうよ。きれいな人でしょ？」

「確かに、きれいだ。だけど、俺は遥香のほうがタイプだな」

心とは裏腹のことを言う。この段階で、邪悪な計画を思いついていたからだ。

「今夜、呑まないか？　明日は休みだろ？」

「……いいわ」

竜成の思惑に気づくはずのない遥香が、うれしそうに答える。

「じゃあ、レストランTに六時でいいか？」

「ええ、いいわ」

「じゃあ、待ってるから」

そう言って、竜成はオフィスを離れる。

会社を出て、店に向かいながら、竜成は今夜、遥香を抱こうと心に決めた。

これまでは、部長の娘だからとためらっていた。だが、その逡巡《しゅんじゅん》を捨てさせるだけの動機ができた。

竜成は、清水美千代に一目惚れした。一瞬にして、運命の出逢いだと感じた。

しかし、美千代はまだ自分のことは知らない。今後、接触を持つのも大変だろう。だが、自分に思いを寄せてくれている、娘の遥香がいる。

『将を射んと欲すればまず馬を射よ』——。

もちろん、そんな蛮行を実行し、それが清水部長にばれたら、自分は会社を石もて追われるだろう。

だが、秘密裏にすればいい。あまりの醜聞は、当事者だって公《おおやけ》にはしたくないはずだ。

それに、たとえ美千代に手が出せなかったとしても、遥香をセフレにできるだけでも、今の自分には充分だ。

会社の移転とともに開店したイタリアンレストランで、六時に遥香と待ち合わせをして、夕食を摂った。

その後、スナック泉で二人で呑んだ。

ここには、社員はまず来ないから、人目を気にしなくて済む。

恭平は来ていない。あいつは、肝心なことはなかなか話してくれない。だが、この前、恭平の部屋に相澤祥子が入っていくところを目撃した。見張っていたが、長い間出てこないので、仕方なく部屋に戻った。

夫に不倫された妻が、子供の家庭教師に手を出して、寂しさを埋めようとするのは、よくある話だ。そして、恭平は祥子を守るためにも、彼女との不倫を秘密にしているのかもしれない。

あいつに負けていられない。

奥のテーブル席で、人目に触れないこともあるのか、酔っ払った遥香は竜成にぴったりと身体を寄せて、胸のふくらみを押しつけてくる。

遥香は小柄だが、オッパイはデカいから、胸のたわみを如実に感じる。酔った勢いに任せて、からかってみた。

「遥香ちゃんって、もしかしてバージン？」

遥香は一瞬、動きを止めて、

「どうしてそんなこと訊くの？」

真顔になって、訊き返してきた。

「知っておいたほうがいいかなって……今夜のために」

「………？」

「冗談だよ」

笑って言うと、

「もう、からかわないでよ」

遥香も破顔し、さりげなく竜成の太腿に手を置いた。

賭けてもいい。遥香はバージンではない。男性経験はあるだろうし、むしろ、男が好きだ。おそらく、セックスも。

二十三歳で、部長の娘だからといって、箱入り娘だとは限らない。

竜成は太腿に置かれた遥香の手をつかんで、股間に引き寄せながら、訊いてみた。

「きみの新しいお母さん、義理の母親なんだろ？　部長といつ結婚したの？」

「母が天国に行ったのは、五年前で。その三回忌を終えて、父はあの人と再婚したから、三年前かな。美千代さん、宝石店に勤めていて、そこで父と知り合ったみたい。母が亡くなってから、父が宝石店に行くとは思えないから、その前から知り合っていたんじゃないかな。二人、すごく仲がいいのよ。美千代さん、すごくいい人で、わたしにも本当の娘みたいに接してくれるのよ」

遥香が言う。竜成は、もしかして、部長は前妻が亡くなる前から、美千代とつきあっていた。つまり、不倫していたのではないかという気がした。それなら、美千代は愛想のいい見た目とは違って、したたかな女ということになる。だとしたら、竜成がしようとしていることは、悪い女を懲《こ》らしめることにもなる。

そのことは触れずに、代わりに訊いた。

「今日は、何をしに来たの？」

「父が家に忘れた書類を届けにきたみたい。そのついでに、娘の様子をうかがいにきたのよ。わたしが心配で」

「そうなんだ？」

「ええ。ほんと、父と母は仲がいいのよ。結婚して三年経つのに、夜はいまだにアレしてるし」

「アレって？」

「もう、アレに決まってるじゃない。わかっていて、訊くんだから」

遥香は周りを見ながら、竜成の股間をズボン越しにつかんできた。

「じゃあ、遥香は毎晩のように両親のあのときの声を聞いているんだ。部長クラスの部屋だって、そんなにひろくはないんだろ？」

「毎晩じゃないけど……」

「たまらないな、それは……団地の悲劇だな」

「美千代さん、あんなに大人しそうな顔をしているのに、夜の生活は激しいのよ。すごい声を出すんだから。父が再婚したのも、たぶん、アッチが良かったからだわ、きっと」

ついつい美千代が部長の下で、すごい声を出しているところを想像してしまい、股間のものが頭を擡げてきた。

「じゃあ、娘がいないのをいいことに、今頃、二人でやっているかもな……帰りたくないだろ？　よかったら、俺の部屋に来なよ。D棟とB棟で離れているしな。俺が先に入るから、遥香は後で来れば、わかりゃあしないよ」

竜成は耳元で言って、遥香の手を股間に押しつけて、いきりたっているものを握らせる。ズボン越しにでもエレクト具合は充分にわかったのだろう。

「……わかった。言っておくけど、わたし、処女じゃないよ。それでもいい？」

遥香が耳に顔を寄せて、言う。

「気にしてたのか？　大丈夫。俺はバージンより、経験している女のほうが好みだから……出るか？」

遥香がうなずいて、二人は店を出た。

2

竜成が部屋を片づけていると、インターフォンが鳴った。

急いで竜成は、玄関のドアを開ける。

うつむいて立っていた遥香が、顔をあげて竜成を見る。

竜成は遥香の腕をつかんで、部屋に引き入れた。

靴を脱いであがってきた遥香を、抱き寄せる。ぎゅうと抱きしめながら、キスをせまる。

遥香は拒まない。されるがまま身を任せてくる。

竜成はキスをしながら、遥香をベッドに押し倒した。

「あんっ……いきなりはダメだって。シャワーを使いたいの」

「シャワーは後でいい。ほら、もうこんなになってる」

遥香の手をつかんで、股間に導いた。それはすでにズボンを高々と持ちあげている。

「すごいね。もう、カチカチ……」

遥香はうれしそうに、ズボン越しに硬直をさすってくる。

「だろ？　だから、もう待てないんだ。遥香としたくてたまらないんだ」

そう言って、竜成は覆いかぶさっていき、唇を重ねていく。

キスをしながら、ブラウスを高々と持ちあげている胸のふくらみをつかみ、揉みあげる。

「んんっ……んんんんっ」

遥香は合わさった唇と唇の隙間から、くぐもった声を洩らしながら、情熱的にイチモツを撫でさする。

竜成も右手をおろしていき、太腿をこじ開けるようにして、下腹部に手を伸ばした。スカートがめくれ、パンティストッキングに包まれたむっちりとした太腿の奥に、柔らかな秘部が息づいていた。

キスをしながら、そこを撫でさすると、

「んんんっ、んんっ……ははあうぅぅ」

遥香はキスしていられなくなったのか、顔をのけぞらせて、喘いだ。

(思ったとおりだ。セックスの悦《よろこ》びを知っている身体だ)

竜成はブラウスを脱がしにかかる。

ボタンをひとつ、またひとつと外していくと、ふくらみを持ちあげたコーラルピンクのブラジャーがのぞき、ボタンを外しきって、ブラウスを抜き取っていく。

華《はな》やかな刺しゅう付きブラジャーに包まれた豊かな乳房があらわになって、竜成はブラジャー越しに乳房を揉みしだき、首すじにキスをする。

「あっ……あっ……」

遥香は愛撫に応えて、仄白い喉元をさらす。

ブラジャーのカップを押し上げると、ぶるんと豊乳がこぼれでてきた。

デカい。しかも、色白の肌から、幾重にも走る青い血管が透け出ている。そして、乳首は濃いピンクだ。

粒立った乳輪はややひろく、二段式に乳首がせりだしている。

まるで舐めてと訴えているような突起に、竜成はしゃぶりついた。あんむと頰張ると、

「あんっ……！」

遥香はびくんとして、顔をのけぞらせる。

竜成は乳房を揉みしだきながら、乳首を舌でかわいがる。全体を焦らすように舐めまわし、チューーッと強く吸う。

吐きだして、また丁寧に舌をつかう。

また、吸って、吐きだす。

それを繰り返している間に、遥香は一気に性感が高まったのか、

「あぁあ、はうぅぅ……気持ちいい。竜成さんの舌、気持ちいい……」

うっとりとして言う。

竜成はセックスには自信がある。これまでも、何人もの女を落としてきた。荒い気性が災いするのか、他のことはぱっとしない。学校の成績だって、最悪だった。教科書を見るだけで、吐き気がした。

だが、その代わりに神様は、セックスの能力を授けてくれたのだ。

これまでにも、女の多くは一度きっちり抱いたら、だいたいはついてきた。二度目をいやがる女はほとんどいなかった。

それが、竜成の持つ唯一の矜持《きょうじ》だ。

汗ばんできた乳房の頂上に舌を這わせながら、右手でスカートの奥をまさぐった。パンティストッキングを通して、女の秘部が湿り気と柔らかさを増している。

上部から手をすべり込ませて、パンティの上からそこをかわいがる。

明らかに濡れているとわかる狭間に指を走らせ、膣口あたりを強めに触った。中指で押しながらさすると、

「ああああ、あああ……いや、いや……したくなっちゃう」

遥香は腰をくねらせる。

べっとりとした淫蜜が滲みだしてきた。そこをしばらくまわし揉みしてから、上方の肉芽を攻める。

パンティの上からでも、明らかに尖っているとわかるクリトリスを捏《こ》ねる。そうしながら、乳首を舌であやした。

これで、だいたいの女は欲しくてたまらなくなる。

「ぁああ、はうぅぅ」

遥香も喘いで、身体をよじる。

「感じるか？」

訊くと、遥香はうなずいて、言った。

「気持ちいい……もっと、してほしくなる」

「してやるよ」

竜成はパンティと腹部の間に右手を潜り込ませる。柔らかな繊毛の途切れるあたりに尺取り虫みたいに指を這わせると、

「あああ、ぁあああ……気持ちいい。気持ちいいのよ……ぁあああうぅ」

遥香はもっととして、とばかりに濡れ溝を擦りつけてくる。

パンティの内側で、竜成はすくいとった淫蜜を指でクリトリスになすりつけた。突起している箇所をまわすようにして指腹でなぞり、中心をかるく叩く。

そうしながら、乳首を舐め転がした。

　すると、若く敏感な身体はきっちりと反応して、遥香は眉を八の字に折り曲げながらも、うっとりとして、

「うん……んんん、んんんんん……」

　泣いているような声を洩らして、顔をのけぞらせ、腰を微妙にくねらせる。

　普段は目鼻だちのくっきりした、アイドル系の憎めない顔をしているのに、今はさらさらのボブヘアを乱して、苦しそうに快感を享受する。

（いいぞ。もっと感じて……）

　竜成はクリトリスをいじっていた指をおろして、ぬるぬるした膣口に添えた。慎重に中指を曲げると、鍛えた骨太の指が第二関節まですべり込み、

「ぁあああ……！」

　遥香はいっぱいに口を開けて、がくんとのけぞった。

「いや、いや、いや……」

　悲しそうな顔で、顔を左右に振った。

　だが、それはあくまで反射的行為であることを、竜成は知っている。

　締めつけてくる熱い粘膜を感じながら、膣の上側を攻めた。天井にザラついた箇所があって、そこを曲げた指腹で擦りあげるようにする。

そうしながら、顔をあげて、遥香の様子をうかがう。

「んんっ……ぁあああ、あああああ、気持ちいい……」

遥香は喘ぐようにそう言って、顔をのけぞらせる。

眉根を寄せられ、深い縦皺《たてじわ》が刻まれている。想定を超えた強い快楽の訪れに、身体がこういう反応を示すのだ。

最後の抵抗といったところだ。

竜成は中指で天井を擦りあげ、かるくピストンする。

遥香はいつの間にか、足を開き、ピーンと爪先まで伸ばしている。

その肌色のパンティストッキングに包まれた親指が、ぐぐっと反り返る。

スカートがめくれて、健康的な太腿がのぞいていた。

自分の手がパンティストッキングを持ちあげながら、いやらしく動いているのも見える。

「ぁあああ、竜成さん、もう、もう……」

「どうしてほしい？」

「して……アレが欲しい」

「アレって？」

「……ああん、意地悪なんだから。アレよ。竜成のおチンチンよ」

遥香がぼぅとした目で見あげてきた。

3

二人は裸で、シングルベッドに横たわっていた。

もう一カ月の間、シーツを替えていない。枕カバーもずっと一緒だから、きっと頭髪の匂いがこびりついているだろう。

遥香はそれを感じているのか、いないのか、枕に頭をのせて、上から覆いかぶさろうとする竜成を、大きな目で哀願するように見つめている。

もう入れてほしくて、たまらないのだ。

竜成はすぐには挿入せずに、もう一度愛撫を繰り返す。

上から遥香を見つめ、乱れた髪をかきあげて、額にキスをする。そのままおろしていき、唇を重ねた。

すると、遥香は竜成を抱き寄せながら、もう我慢できないとでもいうように、舌をからめてくる。

短いキスをして、首すじから乳房へとキスをおろしていく。

さっきより飛び出している濃いピンクの乳首にそっと唇をかぶせ、舌であやす。そうしながら、翳りの底に指を伸ばした。

明らかに濡れているとわかる花肉に沿ってなぞり、上方の肉芽をかるくいじると、もう準備のできている遥香は、

「ぁあああ……」

抑えきれない声を洩らして、濡れ溝を擦りつけてくる。

竜成は先を急ぐことにした。すらりとした足の間にしゃがんで、両膝をすくいあげた。

「あっ……見ちゃ、ダメ」

遥香がかわいらしく訴えてくる。

顔をそむけてはいるが、たわわな乳房も女の花園もさらされてしまっている。

薄い若草のような繊毛の途切れるあたりで、色素沈着の少ない女の肉びらがぴっちりと口を閉ざしていた。

肉厚だが、淡い色をしていた。だが、ふっくらと合わさった部分から、滴が一筋、尻に向かって垂れている。

竜成はそっと顔を寄せた。

仄かにチーズ臭がする若い花びらを、切れ目に沿って舐めあげると、

「あんっ……！」

びくんっと、遥香が震えた。

舐めるごとに、少しずつ雌花が開いていき、内部の潤みきった粘膜が顔をのぞかせる。

あらわになりつつある粘膜をつづけざまに舌でなぞりあげると、

「ぁあああ……」

遥香は大きく顎をせりあげた。

「気持ちいいか？」

「ええ……気持ちいい……あれを入れてほしくなる」

「待ってろよ。その前に、たっぷり愛撫したほうが、入れたときに気持ちいいんだから」

そう言って、竜成は上方の陰核に指を伸ばして、根元をめくりあげた。剝き身になったクリトリスは意外と大きい。

多分、オナニーの常習者に違いない。クリトリスをいじりつづけていたから、発達

したのだろう。

丸出しになった突起を舌で慎重にかわいがった。

ゆっくりと上下に舐め、小刻みに舌を横揺れさせる。徐々に感じてきた遥香は、

「ぁああ、いい……あそこが蕩けちゃう」

そううわ言のように呟いて、おそらく無意識にしているのだろう。ぐぐっ、ぐぐっと下腹部をせりあげる。

「入れてほしいか？」

「ええ……欲しい」

「じゃあ、その前にしゃぶってくれないか？」

竜成はベッドに仁王立《におうだ》ちになる。すると、遥香はにじり寄ってきて、前にしゃがんだ。下腹を打たんばかりにそそりたっている肉の塔を眩《まぶ》しそうに見つめ、その感触を確かめるように握り込んできた。

おずおずと指をすべらせながら、潤んだ瞳で見あげてくる。

「カチンカチンだろ？」

「うん……カチンカチン。それにオッきい」

「そうだ。俺のはデカいんだ。遥香のかわいいオマンコじゃあ、無理かもな」

「そんなことないよ。平気だよ、このくらい」

「へえ……もっとデカチンの男としたことあるんだ？」

「ないよ。もう、ほんと意地が悪いんだから」

「悪かったよ。猛烈に遥香にしゃぶってほしいんだ。遥香はかわいいしさ。こんなかわいい子におしゃぶりしてもらえたら、俺、何だってしちゃうよ」

遥香はにっこりして、目を伏せ、亀頭部にキスをした。

それから、勃起を腹部に押さえつけて、裏のほうを舐めてくる。根元から上へとツーッと舌を走らせ、裏筋の発着点をちろちろと舌で刺激してくる。

亀頭冠の真裏を集中的に舐めながら、これでどう？　という顔で見あげてくる。

「上手いじゃないか。遥香、相当、男をこなしてきただろ？」

「そんなことないよ」

「何人だよ？」

「何で、そんなこと訊くの？」

「それによって、こっちだって心構えが違ってくるからさ」

「……言えないよ、やっぱり」

そう言って、遥香はまた裏筋を舐めあげる。上まで舌を走らせ、唇をかぶせてきた。

おずおずと唇を途中まですべらせて、そこから引きあげる。

両手を竜成の腰に添えて、口だけでしごいた。

いったん吐きだして、肩で息をする。それから、また唇をかぶせてくる。今度はぐっと根元まで頬張り、そこで小休止する。終えて、ゆっくりと引きあげ、根元まですべらせる。

ぷにっとした唇が表面にまとわりつきながら、すべる。

ひと擦りされるたびに、愉悦がひろがってくる。だが、まだまだこれくらいでは、効かない。

「遥香ちゃん、奥まで突っ込んでいいか？」

「……竜成がそうしたいなら」

「そうしたいんだよ」

竜成は右手を遥香の後頭部にまわし、引き寄せながら、腰を突き出す。すると、いきりたちがぐぐっと奥に潜り込んでいき、

「ぐふっ、ぐふっ」

と、遥香が噎《む》せる。

竜成は少しゆるめて、加減しながら、ゆっくりと抜き差しをする。血管の浮かびあ

がる、反りの利いた肉棹がずりゅっ、ずりゅっと口腔を往復し、唇がめくれあがる。

「遥香、こっちを向いて」

言うと、遥香はおずおずと見あげてくる。

かなりきつそうだ。勃起が口腔を犯すたびに、大きな目に涙が滲んできた。それでも、遥香は懸命に耐えている。

好きな男のためなら、多少のことは我慢するタイプだ。

「気持ちいいよ。さすが、遥香だ。遥香のためなら、何だってするからな」

竜成は同じリズムでみずから腰を振って、いきりたちで遥香の口腔を凌辱する。

奥まで突っ込んだら、遥香はえずいて、吐きだすだろう。それはさせたくない。その一歩手前でイラマチオされると、女はこれが癖になる。

これまでの経験で、竜成にはそれがわかっている。

「俺を見ろ」

遥香がおずおずと見あげてきた。

「ありがとう。遥香はいい女だ」

そう口にすると、遥香は幸せそうに瞳を潤ませている。

(これだ。この目を見たかった)

竜成はイラマチオをやめて、遥香を仰向けに寝かせた。

膝をすくいあげる。

若草のような繊毛の下で、肉の花びらが男を欲しがって、花開いている。

花蜜をあふれさせてぬめ光る中心に、竜成はいきりたちを打ち込んでいく。

窮屈な入口を突破していったシンボルが、奥深いところに潜り込んでいって、

「はうぅぅ……!」

遥香が顎をせりあげる。

「くっ……!」

竜成は勃起を包み込んでくるキツキツの膣に驚きながらも、ぐっと奥までめり込ませる。すると、

「ぁああ、奥まで……!」

遥香は顔をのけぞらせたまま、動きを止めた。

竜成は上体を立て、膝を開かせて押さえつける。

遥香の表情を観察しながら、じっとして、膣が男根に馴染むのを待った。

こうやって待っていれば、膣の内壁が勃起に馴染んでくる。粘膜は自在に形を変えるから、肉茎に吸いつくようにして、隙間なくまとわりついてくる。

この十五秒が、女を気持ち良くさせるには、とても大切なことなのだ。

ピストンしたいのをこらえて十五秒待ち、静かにストロークを開始する。

すぐには奥を突かないで、途中までのストロークを繰り返す。

膝をつかんで上から押さえ込んだ。すると、尻がわずかにあがって、打ち込みの角度と膣の位置が合う。これなら、Gスポットを擦ることができるし、容易に奥まで届かせられる。

誰かに教えられたことではない。自分で学んだのだ。

上体を立てたまま、様子をうかがい、じっくりと打ち込んでいく。

「ぁああ、あああああ……気持ちいい……ジンジンしてくる。ぁあああ、蕩けていくわ。ぁあああ、もっと、もっと奥までください」

遥香がぼぅとした目を向けて、せがんでくる。

「奥まで、欲しいのか？」

「ええ……奥をガンガン突いて」

「いいよ。ガンガン突いてやるよ」

竜成は内心でほくそ笑み、徐々にストロークを大きく、速くしていく。

ぐっと上から体重を乗せて、両手を突き、両腕を立てて、足をM字に開かせる。足を閉じられないようにして、ぐいぐい押し込んでいく。

ギンギンになった肉棹が深いところに嵌まり込んでいって、

「ぁあああ、すごい……ぁああうぅ、くうぅぅ……！」

遥香は両手で枕をつかみ、上体をのけぞらせるようにして、苦しそうに眉根を寄せる。

竜成には、それが女が快楽を得る前の儀式であることがわかっている。

両手をベッドに突き、体重を乗せた一撃を連続して叩き込むと、

「くうぅぅ……ぁああ、もうダメッ……あんっ、あんっ、あんっ……！」

遥香は喘ぎ声をスタッカートさせ、ここがどこであるか思い出したのか、あわてて手を口に持っていき、喘ぎ声を抑えた。

それでも、竜成が思い切り下腹部を叩きつけると、巨乳が豪快に揺れ、押さえた口許から、くぐもった喘ぎがあふれだす。

しばらくつづけると、

「ああ、出ちゃう……あんっ、あんっ、あんっ」

遥香が抑えきれない喘ぎを放つ。

「待ってろ」

竜成はいったん結合を外して、サイドテーブルの引き出しにしまってあったピンクのボールギャグとピンクの手枷《てかせ》を持ってくる。

遥香はそれらをびっくりしたような、怯えたような顔をして見つめている。

「どうするの？」

「遥香の声が大きすぎて、隣にばれそうだから、声が出せないようにしたほうが、安心できるだろ？　あれは誰だったかって、詮索されるのはいやだろ？」

「……それは、そうだけど」

「こっちは手をひとつにくくるやつだ。平気だよ。ほら、内側には柔らかい起毛がついているから、痛くないし、肌を傷つけることもない。それに、ピンクでかわいいだろ？」

竜成は恐怖心を拭《ぬぐ》うために、それらを遥香の手に取らせた。

じっくり触っていた遥香が、言った。

「かわいいけど……でも、このピンホン玉みたいなのに、穴が開いてるし……ここから、唾《つば》が垂れるでしょ？　恥ずかしいよ」

「垂れないよ。安心しろ」

「……だいたい、竜成さん、何でこんなの持ってるの？　そういう趣味なの？」

遥香が当然疑問に思うだろうことを訊いてきた。

「趣味ってほどじゃないけど……SMっぽいのが好きなんだ。いやなら、いいよ、しなくても……俺はそれでも全然かまわない。ただ、最低、ボールギャグだけはしてほしいな。お隣さんが面倒だから。廊下にも声が洩れちゃうかもよ……そうなると、これ以降、遥香を家に呼びにくくなる。だから……ダメか？」

「……わかった。じゃあ、そのボールだけなら、いいよ」

ついに、遥香が承諾した。

竜成は内心嬉々《きき》として、ボールギャグを遥香の口に嚙ませ、後頭部でベルトを締める。

ピンクのピンポン球には幾つも穴が開いていて、そこから、息が洩れる。したがって、遥香が呼吸をするたびに、ヒュー、ヒューと狭いところを空気が通るときの笛に似た音がする。

それに気づいたのだろう、遥香がいやいやをするように見あげてくる。羞恥心を含んだその不安そうな顔が竜成をかきたてた。

「大丈夫。この音で、俺は遥香の様子が手に取るようにわかる。それに、かわいいし、エロいから。すごく昂奮する。遥香も俺に昂奮してほしいだろ？」

問うと、遥香がこくんとうなずいた。

「よし、これで大丈夫だ。喘ぎ声に気を使う必要はなくなった」

竜成はふたたび遥香を仰臥《ぎょうが》させて、膝をすくいあげた。

そぼ濡れる淫らな口はわずかに開いて、それとわかるほどに花芯全体が花蜜でぬめ光っている。

そこを舐めてさらに濡らすと、勃起を打ち込んでいく。

力を漲らせたイチモツが、濡れた膣口を押し広げていって、

「うふっッ……！」

遥香がくぐもった声を洩らして、顔をのけぞらせる。

竜成は足を放して、覆いかぶさっていく。腕立て伏せのように両手を突き、上から表情をうかがいながら、腰をつかう。

とても窮屈なオマンコをギンギンの勃起がずりゅっ、ずりゅっと犯していき、

「あふっ、あふっ……はぁ、はぁ、はぁ」

と、猿ぐつわされた口から、奇妙な喘ぎが洩れる。

遥香はボブヘアのさらさらの髪を乱しながら、突かれるたびに、ボールギャグを噛まされた顔をのけぞらせる。

そのノーマルなセックスでは決して味わえない顔が、竜成を昂らせる。

竜成は乳房をつかんで、荒々しく揉みしだいた。

大きいから、揉み甲斐がある。

たわわなオッパイが柔らかく指にまとわりつきながら、形を変えて、頂上の突起がさらにせりだしてきている。

（何だかんだ言って、感じているじゃないか……）

竜成は硬くしこっている乳首を周辺から攻める。ひろい乳輪を円を描くようになぞり、円周を狭める。

指がかるく乳首に触れただけで、遥香はビクッ、ビクッと身体を震わせる。

硬い突起のトップを指腹でノックすると、

「うぁあおお……！」

ボールギャグの隙間からくぐもった声をあげながら、遥香は腰を揺らせる。

無意識だろう、腰を引いて、せりあげてくる。

竜成はそれに合わせて、勃起を打ち込む。ぐっと奥に届かせておいて、乳首を指で挟むようにして、くりくりと捏ねる。

すると、これが感じるのだろう、遥香はボールギャグの穴から鞴《ふいご》のように息を吐きだして、ぐぐっと顔をのけぞらせる。

竜成は背中を曲げて、頂上をとらえた。

指でくびりだした乳首をレロレロッと舌であやす。

吸って、吐きだし、また弾く。

それを繰り返していると、遥香はみずから大きく足を開いて、両手で竜成の腰を引き寄せる。そうしながら、ぐいぐいと恥肉を擦りつけてくる。

「そんなに、ピストンしてほしいのか？」

わかっていて、敢えて訊く。

遥香はこくこくとうなずいて、潤んだ瞳でせがんでくる。

「どうだ？　猥ぐつわも悪くはないだろ？」

同意を求めると、遥香は羞恥心を浮かべながら、うなずく。

「いいぞ。イキたかったら、イッてもいいんだからな」

竜成は上体を立てて、膝の裏をつかんだ。ぐいと持ちあげて開かせ、のしかかるようにして、屹立《きつりつ》を打ち込んでいく。

徐々にストロークのピッチをあげ、深いところに届かせる。すると、遥香の様子が変わった。

「ふぁっ、ふぁっ、ふあっ……！」

喘ぎ声を洩らし、ボールの穴から笛の音に似た喘ぎが噴き出る。

赤い唇がピンクのボールを三分の一ほど覆い、穴開きボールが唾液で濡れている。

これで下を向かせれば、唾液がたらっとしたたることだろう。

それを見たくなって、体位を変えた。

遥香を四つん這いにさせて、尻を引き寄せる。いまだ閉じきらない膣口に屹立を打ち込んでいく。

「ふぁああ……！」

遥香がくぐもった声を洩らして、背中を弓なりに反らせる。

竜成も射精したくなっていた。巨乳の割にこぶりなヒップを引き寄せて、つづけざまに打ち据えると、パチン、パチンと乾いた音が爆ぜて、

「ふあん、ふあん、ふあん……！」

遥香が喘ぎ、その奇妙な声が息とともにボールの穴から洩れる。

見ると、顔の真下のシーツが小さくシミになっていた。

透明な唾液が一筋の蜘蛛《くも》の糸のようになって、ツーッと垂れ落ちる。

「ヨダレが垂れたぞ。恥ずかしいな、遥香」

言葉でなぶると、遥香は羞恥の極限という様子で、顔を左右に振る。すると、溜まっていた唾液が左右に飛んで、シーツを汚した。

「唾が飛んだだろ？」

「ごあああぁ……」

遥香が何か言った。おそらく、「ゴメンなさい」と言ったのだろう。

「いいんだよ。そういう遥香が大好きだ。好きだよ。遥香。大好きだ。ぁああ、出しそうだ」

竜成が言うと、遥香は何か不明瞭な言葉を口にした。正確なところはわからないが、『わたしも』と言いたかったのかもしれない。

竜成は腰を引き寄せて、つづけざまにえぐり込んだ。ギンギンになった硬直が後ろから、蜜の壺を突いて、

「あふっ、あっふ、あふっ！」

遥香が凄艶に喘いだ。

肌が震えはじめている。もう、そろそろイクのだろう。

竜成は射精めがけて、坂道を駆けあがっていく。強いストロークを連続して叩き込んだとき、

「ふぁあああ……！」

遥香は鞴のように喘ぎ声を絞り出し、のけぞり返った。その直後、竜成も精液がすさまじい勢いで噴出する悦びに、身を任せた。

4

ふらふらになって、横たわっている遥香の口からボールギャグを外し、代わりに、両手を背中にまわさせて、ピンクの手枷を嵌めた。裏側が起毛になっているから、手首を傷つけることはない。

二つの手枷をカラビナを使って、細い鎖でつなぐ。

ぐったりとして絶頂の余韻にひたっていた遥香が、ようやく事態を理解したのか、

「いやっ……さっき、ボールだけだと言ったじゃない」

横臥したまま、言った。

「頼むよ。遥香だって、こういうのは初めてだろ？　何事も経験しておいたほうがいいと思うぞ。頼むよ。一生のお願いだ」

「もう……そんなに、したいの？」

「ああ、したいよ」

「しょうがないな。竜成がそんなに言うんだったら……でも、痛いことはしないでね」

「もちろん……悪いけど、こいつを大きくしてくれないか？」

そう言って、竜成はベッドに立つ。

必死に上体を立てようとしている遥香を手伝って、起きあがらせる。

後ろ手にくくられた遥香は、膝を使ってにじり寄ってくる。

その姿を見ているうちに、竜成の分身もむくむくと力を漲らせる。

正面にひざまずいた遥香は、ちらりと肉茎を見あげて、顔を寄せてきた。手枷で後ろ手にくくられているから、手は使えない。

肉茎に唇をかぶせて、頬張ってくる。

射精して、また硬くなりきらないイチモツをなめらかな口腔が包み込み、なかで舌をからまされると、分身がぐんぐんと力を漲らせてくる。

それがほぼ勃起すると、遥香はいったん吐きだして、

「すぐに、オッキくなった」

うれしそうに言う。

「ああ、遥香のお蔭だよ。こいつも遥香が好きなんだろうな」

「ふふっ……いいわ。もっとカチカチにしてあげる」

遥香は猛《たけ》りたつものの裏側を舐めあげてくる。手が使えないから、肉柱が遥香の顔に触れ、鼻先に当たったものを、遥香は頬張っている。

一気に根元まで唇をすべらせて、ぐふっ、ぐふっと噎せた。それでも吐きだそうとはせずに、ゆっくりと顔を振りはじめた。

仁王立ちになった竜成には、両膝を立てた遥香が勃起を頬張る姿がよく見える。

両手をピンクの手枷でひとつにくくられ、その不自由な姿勢で、一心不乱に唇をすべらせる。

肉棹にまとわりつく唇が往復するたびにめくれあがった。遥香は徐々にストロークのピッチをあげながら、時々様子をうかがうように上目づかいで見あげてくる。

ついさっきまでは肉体関係のなかった女が、今は竜成を悦ばせようと必死に尽くしてくれる。その姿に、竜成は自分が男であることの悦びを感じる。

日常や仕事ではいいことがなかった。

だが、セックスでは我が物顔で振る舞うことができる。それが、唯一、生きていて良かったと思うことだ。

痺れにも似た快感がふくらんできて、また挿入したくなった。

「いいよ、ありがとう。もう一度したいんだ。大丈夫か？」

打診する。

遥香はこっくりうなずき、口を離した。

ベッドに這うように指示して、それを助けた。

枕を持っていき、枕に顔をのせた。遥香は顔を横向けて体重を支えながら、腰を突き出してくる。

巨乳の割にはこぶりで、ぷりっとした白い尻がせりあげられ、しなった背中には、ピンクの手枷で結ばれた両手がまわされている。

こちらを向いた尻たぶの白さに圧倒されながら、双臀《そうでん》の狭間に切っ先をすべらせていく。

沼地に切っ先がすべり込んでいく感触があって、

「あああ……！」

遥香が気持ち良さそうな声をこぼした。

「おお、すごいな。遥香のオマンコ。さっきよりずっと持ちいいよ。隙間なく包み込んでくる感じだ。おおお、波打ってるぞ」

「ぁああ、きっとわたしのオマンマンが、竜成を歓迎しているんだわ。だって、わたし竜成が好きだから」

「俺もだよ。遥香……ああ、遥香、気持ちいいぞ。良すぎる！」

竜成は徐々に打ち込みのピッチをあげていく。

「ああ、すごい……ずんずん突いてくる。ぁああ、お腹に突き刺さってくる。許して……もう許して……あんっ、あんっ、あんっ……」

遥香はもうここが社宅の部屋であることも忘れてしまったのか、遠慮なく喘ぐ。

竜成はひとつにくくられている両腕をそれぞれつかんで、引っ張った。手枷と手枷の間には、五センチほどのチェーンによる遊びがあるから、肉体的にはそれほどつらくはないはずだ。

ただ、思うに任せない拘束感《こうそく》はある。それを味わってくれればいい。

両腕をつかんで引くと、遥香の上体が少しあがって、顔も枕から離れた。

「ああ、怖い……放さないでね」

「大丈夫。俺を信じろ」

竜成は両腕を引っ張ったまま、腰を振って、硬直をぐいぐいめり込ませていく。

「ぁああ、すごい、すごいよ」

「こんなの初めてだろ？」

「ええ、初めて……こんなの初めて……ぁあああ、あんっ、あんっ、あんっ……ねえ、へんなの。わたし、へんなの」

「どうした？」

「だって、イキそうだもん。わたし、またイクよ」

「いいぞ。何度イッたっていいんだ。俺も出すぞ」

「ああ、ください。竜成のミルクが欲しい。注ぎ込んで。遥香のなかに、注ぎ込んで」

「よし、注ぎ込んでやる」

竜成は両腕を引っ張りながら、のけぞるようにして硬直を叩き込んだ。

「あんっ、あんっ、あんっ……ぁあああ、来る、来るの……いやぁあああああ！」

遥香は嬌声《きょうせい》を噴きあげながら、がくん、がくんと躍りあがった。

駄目押しとばかりに奥まで突き入れたとき、竜成も頂点に昇りつめた。熱い男液がほとばしって、遥香の体内に注ぎ込まれる。

そして、遥香はのけぞったまま、竜成の熱い白濁液を受け止めていた。

第三章　十九歳の甘い誘惑

1

その夜、恭平は商品管理部主任である多胡圭祐《たごけいすけ》とともに、会社近くの居酒屋で酒を呑んでいた。

多胡圭祐は四十五歳の主任で、部下の面倒みがよく、仕事に戸惑っていた恭平を親切に指導してくれた。だが、部下を呑みに誘うタイプではなく、恭平も主任と二人で飲食するのは、これが初めてだった。

(何で、急に俺なんかと……?)

疑問を感じつつ、人のよさそうな主任のおごりで、海の幸をふんだんに使った料理を食べ、勧められるままにビールを呑んだ。

酔いがまわり、お互いに親近感を覚えた頃になって、主任が家庭の事情を話しはじめた。

「うちには娘がいてね。唯花《ゆいか》と言って、今、浪人しているんだ。去年、大学受験に失敗してね。他の私立には受かったんだが、どうしても第一志望校に行きたいというから、浪人を認めたんだ。親としても、子供の気持ちを尊重したいじゃないか……そうだろ？」

「……ああ、はい。そうですね」

恭平は内心、私立でもよかったのではないかと思いつつも、娘の意志を尊重したいという親の気持ちもわかるから、ここはうなずいておいた。

「普通は大学予備校に通うじゃないか。だけど、ここには予備校はない。一応、ここから車で二時間かかる予備校には入れて、出席できるときだけは行かせているんだが、いかんせん遠いし、娘も往復が大変だからは行きたがらない。この前、試験をしたら、成績がさがっていてね。そこで、きみにお願いがあるんだが……」

多胡がいったん言葉を切って、少しの間、恭平を見た。

もしかして……いやな予感を抱きながら、恭平は言葉を待った。

「……うちの娘の家庭教師をしてもらえないか？」

やはり、そうか……。

「もちろん、きみが今、相澤課長の娘さんの家庭教師をしているのは、知っている。仕事をしながらやっているんだから、ひとりでも大変だ。さらに、もうひとりとなると、余計に大変だ。時間がない。それでも、やってほしいんだ。なぜなら、きみは優秀だからだ。相澤課長の娘さんの成績が急激にあがっているらしいじゃないか。そうなんだろ？」

多胡主任がまっすぐに見つめてきた。ウソはつけない。

「確かにあがっています。とくに、英語が……」

「だろ？　だから、こうやって頭をさげているんだ。頼むよ、唯花の勉強を見てやってくれ。頼む」

桟敷席で、多胡が頭をさげて、額を桟敷に擦りつけた。

様々な思いが一気に脳裏を駆けめぐった。

仕事の空いている時間を見計らって、週に二度、相澤明日香の家庭教師はつづけている。その母である祥子とはあれ以来、関係を持ってはいないが。

ただでさえ多忙なのに、多胡唯花の家庭教師まで受けてしまっては、身が持たない。

しかし、直接の上司であり、大変お世話になっている多胡主任にこれだけ頭をさげられて、断るのは気が引ける。それに、唯花は一浪しており、後がない。

「わかりました。引き受けます。頭をあげてください」

答えると、主任がようやく頭をあげた。

「ありがとう。家庭教師をする日は、俺がシフトをいじって、絶対に残業させないようにするから。こんな公私混同、公にはできないけどな」

主任は最後に自嘲して、

「呑みなさい。さあ」

瓶ビールをつかんで、お酌しようとする。

申し訳ないと思いながらも、恭平は酌を受けた。


二週間後の平日の夜、恭平は社宅のB棟５０２号室で、多胡唯花の家庭教師をしていた。

教えるのは、これで三度目だ。

初めて唯花に逢ったとき、大人びた雰囲気を持った子だと感じた。

イケメンの多胡課長に似たのか、ととのった顔だちで、すらりとして背も高い。黒髪を伸ばしていて、背中の中程まで達している。

その長い髪を勉強するときは、後ろでシンプルなポニーテールに結んでいる。机に向かっているときは、横から見ると、ほっそりした首すじと、ヘアゴムでくくられた後ろ髪の撥ね具合が愛らしい。

今も英語の長文解読問題を眉根を寄せて、解いている。

家庭教師の指導を受けているときは、とても真剣だ。

だが、どういう訳か、それ以外のときは受験勉強に身が入らないようだった。

恭平は元教師の経験を活かして、他の教科のカリキュラムまで作ったのだが、あまり進んでいなかった。

『来年、絶対に合格したいんだろ？　このままじゃ、今年の二の舞になる。受かりたいなら、もっと真剣に向き合わないと』

そう言い聞かせたのだが、

『わかりました』

唯花はその場ではそう答えるものの、どうも本気ではないようで、いっこうにカリキュラムは進んでいかない。予備校にもたまにしか通っていない。

(困ったな。これでは、俺が家庭教師をする意味がない。この子は、本当に志望校に入りたいと思っているのだろうか？)

今、こうして見ている間は、一生懸命に問題を解こうとしているのに。

はじめて一時間ほど経ったときに、ドアをノックする音が聞こえた。

「どうぞ」

答えて、ドアを開けると、トレイを持った母親の愛子《あいこ》が入ってきた。

「休憩なさってくださいな」

柔和な笑みを浮かべて、机と小テーブルの上に紅茶とケーキを置く。

「わたし、言わなかった？　ケーキは要らないからって……」

唯花が母に向かって、眉をひそめる。

「わからないの？　唯花のためじゃないのよ。先生のためなのよ。先生は会社を終えて、ろくに夕食も摂らずに駆けつけてくださっているのよ。わからないの？　自分のことしか考えていないんだから」

愛子が叱るように、娘に険しい目を向けた。

「わかったわ。これからは、先生にだけお出しすることにします。唯花には出さないから、それでいいのね？」

「いいわよ、それで……最初からそうしたらよかったのよ」

唯花がにらみつけて、

「先生に見苦しいところをお見せしてしまって……では、失礼しますね。先生は遠慮なく召し上がってくださいな」

愛子は部屋を出て行く。

前から気づいていた。母と娘が上手くいっていないことに。

「じゃあ、少し休憩しようか」

恭平はテーブルの前の椅子に座って、紅茶を啜り、ケーキを口にする。腹が減っていたので、イチゴショートをとんでもなく美味しく感じてしまう。

唯花は紅茶のカップを持ち、時々、口をつけながら、こちらを向いている。

机の前の回転椅子に座って、恭平のほうを向いているので、ミニスカートからすらりと長い足が突き出している。デニムのミニスカートのせいで、健康的な若い太腿が際どいところまでのぞいてしまっている。

これまで、唯花はこんな短いスカートを穿いたことはなかった。

上半身は白い無地の小さめのTシャツを着ているので、すらっとしている割にはたわわな形のいい胸のふくらみが浮かびあがっている。

唯花は紅茶を啜りながら、じっとこちらを見ている。話しかけてくれれば、こちらも楽になるのだが、唯花は押し黙ったままだ。

その沈黙に耐えきれずに、ついつい訊いていた。

「前から気づいていたんだけど、お母さんとは仲良くないの？」

唯花はじっと見つめてから、口を開いた。

「よくないんじゃない」

「……そうか。反抗期ってやつ？」

冗談めかして、言ってみた。

「違うんじゃない？　むしろ、毒親ってやつ？」

「あのお母さんが、まさか？」

「あの人、外面《そとづら》はいいから、そう思うだけよ。正体は毒親なのよ。ネグレクトとかそういうことじゃない。わたしを支配しようとするの」

「支配？」

「そう……わたしが私立に受かったのに、浪人したのは、わたしが第一志望の大学にどうしても入りたいからってことになってるでしょ？」

唯花がまっすぐに恭平を見た。

「ああ、お父さんからはそう聞いてる」

「違うのよ。わたしは私立でもよかったから、入りたかった。でも、あいつが許してくれなかったの。あんな三流大学に娘が通うのは恥だって……浪人してもいいから、一流大学に入りなさい。それが、あなたのためになるって……」

そうだったのか……。

唯花が浪人生活を送っていることに、違和感を覚えていた。その違和感が、納得に変わった。愛子はモンスター級の教育ママだったのだ。

「そうだったんだ。困ったね」

「ええ、困ってる」

そう言って、唯花が足を組んだ。

すらりとした足の先が小さな弧を描いて、太腿が重なり合った。

デニムのミニスカートがめくれて、むっちりとした太腿がほぼ付け根までのぞいている。

恭平の視線に気づいたのだろう、唯花が椅子を両手でつかんで、さり気なく太腿の下側を隠した。

恭平はハッとして、すぐに視線を逸らす。

唯花にはその視線の動きの意図が完全に読めたのだろう、上になっている足のスリッパが引っかかっている爪先を上下に揺らしながら、訊いてきた。

「先生、ガールフレンドいるの？」

「えっ……？」

唐突な質問に、恭平は戸惑った。

すぐに相澤祥子の顔が頭に浮かんだが、彼女と関係を結んだのは一回きりである。その後も、祥子は何度か夕食をご馳走してくれたり、さり気なく身体を寄せてきたりしているが、それはつきあっているとは言えないだろう。

「……いないよ」

「本当？」

「ああ……」

「先生、二十七歳でしょ？　普通、その年齢なら恋人はいるんじゃないの？　職場にいい人はいないの？」

唯花は執拗に問い詰めながら、爪先をぐりん、ぐりんとまわす。

かわいい柄のスリッパの動きを目で追いそうになり、それを必死に押し殺して、きっぱりと否定した。

「いないよ。最近は二十代でも、ガールフレンドがいない男って少なくないと思うよ」

「ふうん……先生、わたしじゃ、ダメ？」

「えっ……?」

「わたし、先生の彼女に立候補しようかな」

「マズいだろ? 俺はきみの家庭教師だよ。そんなことになったら、あのお母さんに何をされるかわからない」

「母が怖いの？」

「……ああ」

「情けない先生ね」

唯花はそう言ってから、何かを思いついたように言った。

「先生も、わたしにもっと勉強して、成績をあげてほしいよね？」

「もちろん」

「だったら、こうしようよ。一生懸命勉強するから、次の予備校の模試で成績があがったら、ご褒美をくれる？」

「ご褒美って？」

「先生は、わたしの願いをひとつ叶《かな》える」

「いいけど……具体的には？」

「さあ、それはそのときになってみないと、わからない……どう、これならわたしもやる気が出てくるんだけどな」

唯花が何かを企《たくら》んでいるような表情で、恭平を見る。

「……本当なんだろうね？」

「もちろん」

「じゃあ、そうしようか。こちらとしても、きみが成績をあげてくれないと、やっている意味がないからね」

「決まりね！　約束よ」

「ああ……」

「ようやくやる気が湧いてきたわ。じゃあ、はじめようよ」

唯花は組んでいた足を、ゆっくりとその奥を見せつけるようにあげて、おろし、椅子ごと回転して、机に向かった。

ふたたび集中して、問題を解きはじめる。

2

一カ月後の平日の夜、恭平は社宅の一室で、唯花の家庭教師をはじめようとしていた。

恭平が勉強部屋に入ると、唯花はドアの内鍵をかけて、

「今夜から、お母さんは途中で入ってこないから。ほら、温かいコーヒーはポットに入っているし、先生のオヤツはバウムクーヘンがそこに用意してある。これなら、お母さんに中断されることがなくて、集中できるでしょ？」

「そうだね」

「そうだ。先生に見せたいものがあるんだ」

唯花は予備校で行われたばかりの模試の成績表を見せた。あがっているだろうとは思ってはいたが、さすがに驚いた。これまで志望校の合格がD判定だったのに、B判定まであがっていたのだ。

「すごいな……すごいよ、さすがだ」

「そうでしょ？」

「両親には見せたのかい？」

「もちろん。だから、オヤツの件、わたしの言いなりになったのよ」

そう言う唯花は、今夜はフィットタイプのノースリーブのサマーニットを着て、極端に短いデニムのミニスカートを穿いていた。

長い髪は後ろで無造作にポニーテールに束ねているのだが、模擬テストで自信がついたのか、顔色がいいし、機嫌もいい。手足が長く、ととのった顔をしているので、その破壊力はすさまじかった。

「早速だけど、そのご褒美が欲しいな」

机の前の椅子に座った唯花が、こちらに身体を回転させる。

膝上二十センチはあるだろう極端なミニのデニムスカートから、すらりとしているが太腿は大理石の円柱のような美脚が、恭平に向かって突き出されている。

（もしかして……）

恭平の胸はざわついた。

「先生、ベッドに座って」

指示されるままに、シングルベッドの端に腰かけた。すると、唯花の組まれた足の太腿がかなり際どいところまで見えた。

「わたし、成績があがったら、先生からご褒美をもらえることになってるよね？」

「ああ、確かにそう約束した」

「その約束を果たしてほしいのよ」

そう言って、唯花は組んでいた足を解いた。内股にしているので、左右の太腿が合わさって、肝心なところは見えない。

「ご褒美って、何が欲しいのかな」

「先生だって、薄々気づいているんでしょ？」

恭平は頭にある思いを、さすがに口に出すことはできなかった。

「……わたしを抱いてほしいの」

そう言って、唯花は立ちあがり、近づいてくる。

「おい……ダメだって」

立ちあがった恭平に、唯花は抱きつきながら、耳元で囁いた。

「大丈夫。わたし、処女じゃないから。高三のときに初体験は済ませているから」

「いや、だけど……きみは俺の教え子だしな。だいたい今は家庭教師の時間で……」

「先生、やっぱりお母さんが怖いんだ」

恭平が口ごもっていると、唯花が言った。

「わたしを助けて……こうでもしないと、お母さんの鼻をあかすことにはならない。母から自由になりたい。そのために、先生が必要なの。わたしを母から救いだして
……わたし、先生のために頑張って成績をあげたのよ。その気持ちを、先生は踏みにじろうとするの？」

そう言われると、こう答えるしかなかった。

「いや、きみの気持ちを踏みにじったりしない」

「だったら……それとも、先生、わたしのこと嫌いなの？」

「嫌いじゃない。その逆だよ」

本心だった。

唯花は一瞬、顔を離して、恭平をじっと見た。それから、唇を寄せてくる。

お金をいただいているこの家庭教師の時間に、教え子と睦《むつ》み合うことへの罪悪感はある。

「待った。ここじゃ……」

「いいのよ。今だから、いいの。母が組み込んだ家庭教師の時間に、エッチなことをする。それで、わたしは母から自由になれる。そう思わない？」

多胡主任や母親の怒り狂っている顔が脳裏に浮かんだ。

唯花のぷにぷにした唇を唇に感じ、おそらくコンディショナーだろう爽やかな柑橘《かんきつ》系の香りがふわっと鼻孔をかすめる。

巧みなキスとは思えなかった。それでも、自分自身を駆り立てるような情熱的なキスが、恭平の理性を奪っていく。

唯花は唇を合わせながら、誘い込むようにベッドに座り、そのまま道連れにするように、恭平とともにベッドに倒れ込む。

恭平を仰向けにして、大胆にまたがってきた。上になった唯花は、サマーニットを引きあげて、頭から抜き取る。

こぼれでた純白の刺しゅう付きブラジャーが、大きな胸を包みながら、押し上げていた。

十九歳の乳房はブラジャー越しでも、たわわに実っていることがわかる。

見てはいけないものを見たような気がして、恭平は顔をそむける。

「どうして、顔をそむけるの？」

唯花が言う。

「きみはまだ十九歳だ。若すぎるよ。だから……」

「年齢なんて関係ないでしょ？　それに、先生だって、相澤明日香のお母さんといいことしてるでしょ？」

「えっ……？」

「明日香から聞いたの。明日香のお母さんと先生は怪しいって……絶対にしてるって……祥子さんだっけ、いつも家庭教師が来ると、様子がおかしいって。お化粧だって濃くなるし、最近は美容院に行く回数が増えてるって。お父さんの出張してるときに、一度、祥子さん朝帰りしたって。絶対に、先生としてるって……そうなんでしょ？」

「いや……してないよ」

「祥子さんを庇《かば》っているんだ。それはそうよね……だからといって、わたしは怒ってるわけじゃないの。言い触らそうとも思っていないのよ。先生にはわたしが教え子だからって、拒む理由はないって言ってるの。だって、教え子のお母さんとしてるんだから、わたしを拒む資格はないよね……わたしともできるよね？」

唯花はそう言って、ふたたび唇を重ねてくる。

またがったまま顔を寄せて、唇を押しつけながら、濃厚なキスをする。

唯花の立場はよくわかる。母からの支配を免れるために自分を利用するなら、されてもいいと思う。

ただ、恭平が今一つ気持ちが昂《たかぶ》らないのは、唯花のペースで物事が進みすぎているからだろう。翻弄《ほんろう》されているような気がしている。もっとも、この美形の十九歳なら、翻弄されてもかまわないという気持ちもある。

おそらく唯花も恭平の乗りが悪いのを感じたのだろう。恭平の腹からおりて、キスしながら、右手をおろしていき、ズボンの股間をつかんだ。

コットンパンツの上から、ゆるゆると擦られると、分身が徐々に力を漲《みなぎ》らせ、唯花に対する欲望もせりあがってくる。

唯花はキスをやめて、ズボンのバックルを外し、ゆるくなった箇所から右手をすべり込ませた。ブリーフの下側へ潜り込んだしなやかな指が、おずおずと屹立をさぐり、握り込んでくる。

ゆっくりとしごきながら、

「言ったでしょ？　バージンじゃないって……このくらいできるのよ」

そう言って、髪のゴムを外した。さらさらした長い髪が枝垂《しだ》れ落ちてきて、目鼻だちのくっきりした顔を半ば隠した。

ポニーテールをやめると、一気に女の色気が増した。

そして、恭平のTシャツをまくりあげて、胸板を手でさすってくる。

(ああ、こんなこともできるんだな)

唯花はあらわになった胸板に顔を寄せた。小豆《あずき》色の乳首にちゅっ、ちゅっとキスをしながら、ズボンの下に差し込んだ指でじかに勃起を握り、しごいてくる。

家庭教師の時間に、勉強部屋ですることではない。

恭平は湧きあがる快感をこらえて、ドアのほうを見る。

母親が来て、ドアに耳をつけて、なかの様子をうかがっていたら、どうしよう？

気が気でなくて、完全には集中できない。

それでも、想像より巧みに乳首を舌であやされ、肉棹を握りしごかれると、徐々に警戒心が薄れていく。

「ふふっ、先生のカチンカチンになった」

唯花は髪をかきあげて言い、ズボンとブリーフに手をかけて、膝まで引き下ろした。

唯花の部屋ではあまりにも場違いな肉柱が、血管を浮かびあがらせて、いきりたっている。

「こんなことだって、できるのよ」

そう言って、唯花が足の間にしゃがんで、肉棒に顔を寄せた。

そそりたつものを右手でぎゅっ、ぎゅっとしごきながら、禍々《まがまが》しくテカっている亀頭部にキスを浴びせる。それから、舐めてくる。

やり方はぎこちない。

自分では達者ぶっているが、間違いなく経験は少ないだろう。それでも、それを見せまいと一生懸命に舌を走らせる唯花を、とても愛おしく感じた。

唯花が上から唇をかぶせてきた。

慌ただしく顔を打ち振って、唇を往復させる。

長い髪をかきあげ、恭平に向かって目を細める。それから、また目を伏せて、熱烈に唇を往復させる。

十九歳の教え子が、一心不乱に恭平の勃起をしゃぶっている。唯花が美人なだけに、恭平は夢心地になる。

だが、唯花はひたすら唇をすべらせるだけで、恭平はそれ以上の快感を覚えることができなかった。

「唯花ちゃん、こっちにお尻を向けてくれないか？」

言うと、唯花はいやいやをするように首を振る。

「じゃあ、またがらなくていい。横を向くだけで」

唯花はいったん吐きだして、恭平の体に直角になる形で、股間に顔を寄せる。

それしかできないのだろう、ふたたび頬張って、ひたすら唇をすべらせる。

「もう少し、こっちにお尻を」

指示をすると、唯花はおずおずと腰をこちらに向けてきた。斜め横から、中心の屹立を頬張っている感じだ。

顔を横に出すと、まくれあがったミニスカートから、純白のパンティに包まれたヒップと基底部が目に飛び込んできた。

発達した尻と、その中心をT字に走っているパンティ――。

尻を半分ほど覆っているパンティが基底部に近づくにつれて、布が少なくなり、クロッチが半ば花肉の狭間に食い込んでいた。

片方のぷっくりした肉びらがはみ出していて、その変色したふくらみと、細くなったクロッチの谷間への食い込みが、唯花には相応《ふさわ》しくなく、そのギャップに恭平は萌《も》えた。

右手をスカートの奥に伸ばしていき、クロッチの食い込んでいるあたりを指でなぞった。

「んっ……！」

唯花はびくっとして、腰を弾ませる。

つづけてクロッチを指でさすると、それとわかるほどにクロッチが湿ってきて、ついにはシミが浮き出てきた。

クロッチの端が食い込んでいる花肉は、たっぷりの愛蜜をこぼして、触るだけでぬるぬるしている。

片側の肉びらがはみ出していて、そこをなぞりつづけた。

「んんっ……んんんっ……」

唯花は腰を振りながら、一生懸命に肉棹に唇を往復させている。どんどん快感がうねりあがってきた。

わずかに残っている理性も欲望に取って代わられようとしている。

(このまま俺は、唯花を抱いてしまうのか?)

半ば観念したとき、コツ、コツとドアをノックする音が響き、

「すみません、お勉強中に。コーヒーにミルクをつけるのを忘れてしまって……先生、コーヒーはミルクをお入れになりますよね」

母の愛子の声がドアを通して、聞こえてくる。

ハッとして、恭平は手の動きを止めた。

唯花も顔をあげて、答えた。

「お母さん、勉強の邪魔よ……ちょっと待ってて。今、問題を解いているから」

そう言いながら、唯花は慌ただしくノースリーブのニットを上からかぶり、ベッドを降りた。

恭平も急いで、さがっていたズボンをあげて、ベッドから降りる。

唯花は髪をゴムでまとめながら、薄くドアを開けて、

「欲しかったら、こちらから取りにいくから。もう、こんなことしないで。集中の妨げになるから。いい？」

母に向かって言いながら、ミルクの入った器を受け取り、バタンとドアを閉める。

「何なのよ、あの人。肝心なときに……」

唯花は母を罵りながら、ミルクの器をテーブルに置いて、訊いてきた。

「ねえ、わたし、声出していなかったよね？」

「ああ、フェラしていたからね」

「そうだよね。あの人、監視カメラでもつけてるのかしら？」

と、部屋を見まわす。

「まさか。それだったら、もっと早く止めに来るさ」

「そうよね……」

「悪いけど、今夜は中止だ。気配を悟られただけで、俺はクビになる」

「……しょうがないな。今夜は許してあげる。でも、まだご褒美は受け取っていないからね」

「……じゃあ、勉強、はじめようか？　きみもせっかく成績あがってきてるんだから、この調子を維持しないとね」

「わかったわ……ほんと、タイミングが悪いんだから」

唯花はぶつぶつ言いながらも、机の前の椅子に座った。

3

日曜日の午後、恭平は相澤明日香の家庭教師を終えて、社宅の部屋に戻り、多胡唯花が来るのを待っていた。

『先生の部屋に行きたい。わたし、絶対に勉強頑張って、合格確実なラインまで成績あげるから。でも、先生にノーと言われたら、きっとやる気を失くすと思うな』

唯花にそう言われると、受け入れるしかなかった。

唯花は母親の支配から逃れるために、自分を求めているのだ。無下にはできなかった。

それに、恭平自身も、いまだに愛している相澤祥子にやさしくされるのに、手を出せないという状況に苛立《いらだ》ち、募っている性欲を持て余していた。

もちろん、家庭教師をしている生徒に手を出すなど、教師として失格である。そんなことがバレたら、恭平は会社もクビになるだろう。

すでに祥子と一度とはいえ、関係を持ってしまっているし、それを唯花にも知られている。その上、課長の愛娘に手を出したら……。

だが、バレなければいいのだ。

うちの会社にだって、おそらく禁断の恋をしたり、不倫している男女は山ほどいる。それが表沙汰にならないのは、みんな隠しているからだ。秘密にしているからだ。

言い換えれば、不倫をしているから、うまくおさまっているのだ。不倫という捌《は》け口がなくなったら、確実に離婚だらけになるだろう。

そう自己正当化しながら、机の前に座って、二人の教え子のカリキュラムを考えていると、ピンポーンとチャイムが鳴った。

出ると、野球帽を目深にかぶったスポーティーな格好の唯花が、デイパックを背負って、佇んでいた。

とっさになかに引き入れて、ドアを閉め、ロックする。

「見つからなかった？」

「ええ……大丈夫」

「入って」

唯花を部屋にあげる。

「へえ、意外ときれいにしているんだ」

唯花は感心したように部屋を見渡してから、言った。

「着替えたいんだけど、いい？　親には、女友だちと遊びに行くって出てきちゃったから」

「いいけど……」

すぐ脱ぐことになるのだから、この格好でもいいのではないかと思いつつも、うなずいた。

唯花はバスルームの前にある脱衣所で服を着替えているようだった。しばらくして、

「お待たせ！」

と、登場した。その姿を見て、唖然とした。

唯花は高校の制服を着ていた。おそらく、今年まで通っていた高校の制服だろう。深緑色のブレザーの下には、白のブラウスにネクタイを締め、チェック柄の膝上二十センチのスカートを穿き、太腿まである濃紺の長いソックスを履いていた。

ミニスカートとソックスの間の太腿は素肌が見えており、その健康的なむちむちした『絶対領域』が眩しすぎた。

「通っていた高校の制服……先生、ひょっとしてこういうのが好きかなって……どう？　嫌いなら脱ぐから」

唯花がぐるっとまわったので、今日は結ばれていない長い髪と、短いスカートが開いた形で一周した。

恭平はこくっと静かに唾を呑む。

そのへんの女子高生とはレベルが違った。恭平は特別に女子高生やその制服に思い入れがあるわけではないが、ここまで来ると、欲望の対象になる。

「先生、どうしたのよ？　ポカンとしちゃって……時間がないから、早くしようよ」

唯花はカーテンを完全に閉めて、突っ立っている恭平に抱きつき、キスをする。唇を重ね、舌をつかいながら、ズボンの股間を手で撫でてくる。

自室ではないせいか、先日よりはるかに積極的で、情熱的に舌をからめ、吸い、股間をなぞってくる。

恭平のイチモツはすぐさま反応して、ズボンを突きあげる。唯花がキスをやめて、言った。

「先生、椅子に座って」

「こうか？」

恭平は机の前の回転椅子に腰をおろした。

唯花は前にしゃがんで、恭平のコットンパンツをゆるめ、ブリーフとともに押しさげようとする。恭平がそれを助けて腰を浮かすと、ズボンとブリーフが足先から抜き取られていく。

「いやだ。先生のくせして、こんなにして……やっぱり、唯花の制服姿に昂奮しているんだ？」

「……反則だよ、それは」

「これが反則なら、高校教師はいつもその反則に耐えていることになるね」

「……」

とっさに返す言葉が思いつかない。

「先生、さっき何かしてたでしょ、机で」

「ああ、きみのカリキュラムを考えていたんだ」

「つづけてみて……わたし、机の下に入って、先生のをおしゃぶりするから」

「そんなことされたら、考えられないよ」

「いいから、しなさい。こうされるの、男の夢でしょ？」

そう言われると、確かにそうだ。否定できない。

しかし、唯花が完全に机の下に潜ってしまうと、頭が邪魔になって咥《くわ》えられそうにもない。

恭平は椅子を机から離し、上体を前に伸ばして、パソコンのキーボードに指を置いた。つづきを書こうとして、キーを押しはじめたとき、分身が温かな口腔に包まれるのを感じた。

見ると、恭平の開いた足の間にしゃがんだ唯花が、股間からそそりたつものを口に含んでいた。

半分ほど含んで、なかでねろねろと舌をからませる。

ブレザーの制服姿で、伸びやかな肢体を窮屈そうに屈めて、血管の走る肉棹を頰張り、ゆっくりと顔を振りはじめた。

ただでさえ気持ちいいのに、さらさらの黒髪が下半身裸の太腿や鼠蹊《そけい》部をくすぐってきて、恭平はうっとりする。

タイピングする指の動きが完全に止まった。こんな気持ちいいことをされて、キーボートを叩けるはずがない。

すると、唯花はいったん肉棹を吐きだして、目を細めた。

「どうしたの、先生？　できないの？」

「ああ、無理だよ。気持ち良すぎて」

「ダメよ。しないと、おしゃぶりしてあげない」

そう言われて、恭平は適当にタイピングをする。ノートパソコンの画面には、無意味なアルファベッドが並ぶ。

唯花がまた頬張って、顔を振りはじめた。

ちらりと下を見ると、唯花が一生懸命に根元を握って、しごきあげながら、それに合わせて、唇をすべらせていた。

「んっ、んっ、んっ……」

くぐもった声を洩らして、速いピッチでしごかれると、甘い陶酔感がふくれあがってきて、タイピングどころではなくなった。

「どうしたの、先生。できないの？」

「ああ……」

「しょうがないな」

唯花は机の下から出て、ブレザーを脱いだ。

白いブラウスの襟《えり》元にはネクタイをしていて、ギャザーの入ったチェック模様のミニスカートからすらりと長い足が伸びていた。膝上までのハイソックスがむちむちした太腿を強調している。

「どれどれ、できてるかな？」

唯花がノートパソコンの画面を覗き込んでくる。ドキッとした。

（ノーブラ？）

ブラウスの胸の部分で、二つのポチッとした突起が白い生地を押し上げているのだ。

画面を見た唯花が、

「全然ダメじゃないの。先生、アルファベッドの羅列じゃないの」

そう言いながら、恭平の視線に気づいたのだろう。

「ちょっと、先生の視線、いやらしすぎる」

ブラウスの胸のふくらみを手を交差させるように隠した。

「ブラ、つけてないのか？」

おずおずと訊ねた。

「平気よ。来るときはつけていたから……さっき、外したの。こうしたほうが、先生が昂奮するかなって……」

唯花は、椅子に座っている恭平の膝をまたいで、向かい合う形で正面からじっと恭平を見る。

ミニスカートがめくれあがっている。ネクタイがさがったブラウスの胸のふくらみから、ノーブラの乳首がそれとわかるほどにせりだしている。

唯花は股間からそそりたっている肉柱に下腹部を擦りつけながら、

「先生、触っていいよ」

恭平の手を胸に導いた。

おずおずと揉むと、制服のブラウスを通して、左右の乳首がますます硬く、せりだしてくるのがわかった。

そのコリコリの乳首をブラウス越しにかるく弾くようにすると、

「んっ……んっ……ぁああ、気持ちいい……先生、気持ちいいよ」

唯花は右手をおろし、いきりたっている肉柱を握って、ぎこちなく上下にしごいた。

恭平はたまらなくなって、乳首を舐めた。ブラウス越しに、頭を擡げている突起に舌を走らせ、吸う。

それを繰り返していると、唯花はもうたまらないといったふうに、スカートの張りつく下腹部を肉柱に擦りつけながら、ぎゅっ、ぎゅっとしごいてきた。

「脱がすよ」

「いいよ」

恭平はまず襟にゴムでついていたネクタイを剝《は》ぎ取り、ブラウスの胸ボタンを上から、ひとつ、またひとつと外していく。

抜けるように白い乳房が徐々に姿を現し、ボタンを外しきると、乳房がこぼれでてきた。

おそらくDカップくらいだろう、上の斜面を下の充実したふくらみが押し上げて、淡い桜色の乳首もやや上を向いて、ツンとせりだしている。

まだひとりしか触ったことがないだろう胸のふくらみを、そっと持ちあげる。静かに揉みあげながら、突起をつまんで転がすと、

「あっ……！」

唯花はびくっと撥ねて、恭平の肩にしがみついてくる。

ゆるゆると捏ねてから、顔を寄せて、そっと舐めた。初々《ういうい》しい乳首をゆっくりと舐めあげると、

「あああくぅぅぅ……！」

唯花は顔を大きくのけぞらせる。

恭平は唾液でぬめ光ってきた乳首を舌で丹念にあやし、もう片方の乳房を揉みしだく。揉みあげながら、乳首を指でトントン叩き、捏ねる。

それをつづけていくうちに、唯花は小さく喘ぎながら、息を弾ませ、いきりたっている肉柱にスカート越しに下腹部を擦りつけてきた。

その仕種に、恭平の分身の先から、先走りの粘液が滲んだ。

「唯花ちゃんとしたい。いいんだね？」

同意を求める。

「はい……わたしもしたい。先生としたい。わたしをお母さんから救って」

「わかった。ただし、ひとつ条件がある。これまでどおり、受験勉強を頑張るって約束してくれ。いいね？」

「はい……だって、わたしの成績がさがったら、先生は家庭教師を辞めさせられるでしょ？　そうしたら、先生と逢えないもの」

「約束だよ」

「うん」

恭平は、唯花をベッドに連れていく。

1LDKの間取りだから、ベッドも近い。はだけたブラウスにミニスカート姿の唯花をベッドに仰臥させて、恭平もベッドにあがる。

まさか、このシングルベッドで、二人の女性を抱くことになるとは、夢にも思わなかった。

自分の人生は、この社宅ができてから、変わりつつある。

それがどんな方向に転んでいくか、自分には見当もつかない。自分は一度だが、不倫をした。今も、教え子を抱こうとしている。その結果がどうなるのか？　もしかしたら、地獄を見る可能性だってある。だが、今のこの瞬間を受け止めていくしかない。

ベッドに仰臥した唯花は、長い髪を散らして、ぼうと見あげてくる。

片膝を立てているので、短いチェック柄のスカートがまくれて、むっちりした太腿が際どいところまでのぞいている。長い足の膝上まで包んでいる濃紺のソックスと真っ白な太腿が眩しい。

恭平は服と下着を脱いで、裸になった。

唯花の唇にキスをして、キスをおろしていく。

はだけたブラウスからこぼれた乳房を揉みしだき、乳首を舌で転がした。それをつづけていくと、

「あああ、先生……先生……」

唯花は目を閉じて、顔をのけぞらせる。いつの間にか、左右の太腿を内側にして、ずりずりと擦りつけている。

その仕種が、恭平をかきたてる。

右手をおろしていき、合わさっている太腿を割った。

すべすべした内腿を感じながら、中心部へと手を這わせると、湿ったパンティの感触があった。

布地越しに柔らかく沈み込むところを指でなぞった。

くちゅっと指がわずかに沈み、

「あっ……！」

唯花がびくんと震えた。

撫でさすると、唯花はそこを護《まも》ろうとするかのようにぎゅうと締めつけてくる。それでも、丁寧に愛撫すると、太腿の力が抜けた。

おずおずと左右にひろがり、ついには両方の足の外側をシーツにつけて、ガニ股になり、ぐぐっ、ぐぐっと下腹部を擦りつけてくる。

濃紺のソックスで包まれた足をあさましいほどに開いて、指の動きそのままに下腹部をせりあげる。

恭平は制服のスカートの奥の水色の刺しゅう付きパンティに手をかけて、引き下ろし、足先から抜き取った。

両膝をすくいあげて、開かせる。

「……」

唯花は唇をぎゅっと嚙みしめて、いやいやをするように首を振った。

さっきはあんなに大胆に仕掛けてきたのに、恥部を見られるだけで、こんなに羞恥心をのぞかせる。そのギャップに、恭平は萌える。

若草のような薄い繊毛が長方形にととのえられて、その下でほとんど色素沈着のない初々しいほどの花肉が楚々とした姿を見せていた。

左右の陰唇はぷっくりとして、内側の大切な箇所を護っている。

顔を寄せて、慎重に舌を走らせる。肉土手の合わさるところを舌がなぞりあげていくと、肉びらがひろがって、ぬめ光る内部が顔をのぞかせ、

「ああうぅぅ……」

唯花が顎をせりあげた。

丁寧に狭間を舐めるうちに、隠されていた箇所があらわになり、サーモンピンクの内部がのぞく。

その複雑な形状がうごめくさまが、唯花も性欲を抱えた女そのものなのだということを伝えてくる。

上方の肉芽は鞘に包まれて、ひっそりとした佇まいを見せている。

花肉を舐めあげる勢いを利用して、ピンとそれを弾くと、

「あんっ……!」

唯花は抑えきれない声をあげて、いけないとばかりに口を手のひらで覆った。とても感度が高い。おそらく、自分でするときはクリトリスをいじって、昇りつめるのだろう。

陰核の突起を指でくるくるとまわすように揉み込み、包皮を剝いた。

珊瑚色に輝く肉の真珠をかわいがる。

上下に舐め、左右に舌を走らせる。

全体を吸って、なかで揉みほぐす。

吐きだして、また舌でやさしく愛撫する。

「ぁああ……ぁあああ、先生、して……もう、して」

唯花が泣きださんばかりに眉根を寄せて、訴えてくる。

4

恭平は膝をすくいあげた。

ソックスに包まれた足がハの字にひろがって、スカートがめくれあがり、女の花芯があらわになっている。

ぎゅっと目を閉じている唯花を見ながら、慎重に屹立をあてがい、少しずつ沈めていく。

切っ先がとても窮屈な入口を押し広げていく。さらに体重を乗せると、切っ先が奥まで突き進んでいき、

「はぁああっ……！」

唯花が大きく顔をのけぞらせた。

恭平もぐっと奥歯を食いしばる。

とても狭い膣肉が、侵入者を押し出そうとでもするようにうごめいて、締めつけてくる。

無理やり体内に打ち込んだような強い締めつけに、恭平は動けない。

上から唯花を見た。

唯花ははだけたブラウスから、張りつめた双乳をのぞかせて、両手を顔の左右に置き、つらそうに眉根を寄せている。

(やはり、まだ経験は浅いんだな)

やさしくしないといけない。そう思い、足を離して、覆いかぶさっていく。

唯花を庇うように両手を突いて、ゆっくりと腰をつかった。

すると、唯花は顔をのけぞらせたまま、

「あっ……あっ……」

切っ先が奥の方をうがつたびに、今にも泣きだしそうに眉を八の字に折る。

「大丈夫？」

心配になって訊くと、

「ええ……大丈夫」

唯花は目を開いて、恭平を見あげてくる。その瞳が潤んでいる。

顔を寄せて、唇を重ねると、唯花は積極的に唇を押しつけてきた。ぎゅっと恭平を抱き寄せて、舌をからめてくる。

やはり、キスは上手い。

本人もキスをすると高まるのだろう、巧みに舌をつかい、いったん離して、ついばんだり、恭平の唇を舐めたりする。

ソックスを穿いた長い足をM字に開いて、恭平の腰を受け止めながら、積極的にキスをする。

恭平は動きたくなって、顔を離し、慎重に抜き差しをする。腕立て伏せの形で見おろしながら、徐々に打ち込みを強くしていく。

「ぁあうぅぅ……あんっ、あんっ……」

唯花はつらそうに眉根を寄せて、両手をハの字に開き、最後は喘ぎ声をスタッカートさせる。

そんな唯花の変わっていく表情を見ながら、恭平は腰をつかう。

まだ膣の性感はさほど開発されていないと判断して、乳房をつかんだ。ブラウスを開きながら、形のいい乳房を柔らかく揉み、尖っている乳首をいじった。

やはり、こうされたほうが感じるのか、唯花の気配が変わった。

しこっている乳首をつまんだり、転がしたりしていると、

「ぁああ、気持ちいい……先生、気持ちいい……ぁあうぅぅ」

繊細な顎をせりあげ、片方の手でシーツをつかんだ。

それならばと、恭平は背中を曲げて、乳房にキスをする。硬くなっている乳首を吸い、舐め転がすと、

「ああ……！」

唯花は気持ち良さそうに顔をのけぞらせる。

チューッと乳首を吸ったとき、膣が肉柱をぐいっと締めつけてきた。

（あ、くっ……）

恭平は心のなかで声をあげて、肉茎が抜けないように慎重に抜き差しをする。

「気持ちいい？」

唇を乳首に接したまま訊くと、

「はい……気持ちいい。気持ちいい……」

唯花の足が、もっとしてとばかりに腰にからんできた。

左右の乳首を交互に舐め、揉みしだいた。そうしながら、ぐいぐいと勃起を打ち込んでいく。

「ぁああ、先生、もうダメっ……はうぅぅ」

唯花がぎゅっと抱きついてきた。

恭平は胸への愛撫をやめ、肘を突いて、腰を躍らせる。その頃には、唯花の膣は濡れが増して、ピストンが楽になった。

打ち込むたびに、唯花は長い足を腰にからみつかせながら、

「あんっ……あんっ……」

と、愛らしく喘ぐ。

恭平はもっと感じさせたくなって、上体を起こした。膝の裏をつかんで、ぐいと開

かせながら、腹に向かって押さえつける。

すらりとした足がM字開脚され、紺色のソックスの上の太腿が神々しい。そして、薄い翳《かげ》りの底には恭平の分身が嵌まり込み、根元が数センチ出ていた。

膝を上から押さえつけると、唯花の腰が持ちあがり、勃起と膣の角度がぴたりと合った。

ゆっくりと腰をつかった。

蜜まみれの肉茎がやや上を向いた膣口をうがつ。唯花の表情をうかがいながら、慎重に同じリズムを刻んでストロークすると、

「ぁああ、気持ちいい……これ、すごく気持ちいい……」

唯花は赤ちゃんが寝ているときのように両手を顔の横に開いて、泣きださんばかりに眉を八の字に折る。恭平の顔の両側にあるソックスに包まれた足の指が反りかえりはじめた。

恭平は徐々に深いところに打ち込み、ストロークのピッチもあげていく。

奥まで突き入れるたびに、

「あんっ……！」

唯花は乳房を揺らせて、顎をせりあげる。

「大丈夫か？」

「はい……もっと、もっと強くして」

唯花がせがんでくる。

恭平はその言葉を信じて、さらに強く打ち込んだ。

両膝の裏をつかんで、M字開脚させながら、腰を振りおろし、途中からすくいあげる。こうしたほうが、恭平自身も気持ちいい。ということは、唯花もさらに感じているはずだ。

つづけざまにめり込ませると、

「あんっ……あんっ……ぁあああ、先生、おかしい。わたし、おかしい……」

唯花が訴えてくる。

「いいんだよ。おかしくなって……それが、イクってことなんだから。安心していいんだ。俺に任せて」

打ち込んだ肉棹を引き戻すと、なかから淫蜜がかきだされて、ぐちゅっとあふれでる。

ハの字に開かれた足の指がのけぞって、内側に折れ曲がる。

つづけるうちに、熱く滾《たぎ》った粘膜がからみついてきて、恭平も追い込まれる。

射精する前に、唯花をイカせたい。女の絶頂を味わってもらいたい。

放たないように加減しながら打ち込むうちに、唯花の気配が逼迫してきた。

「あんっ……あんっ……ぁああ、もう許して……へんなの。唯花、へんなの……」

シーツを鷲《わし》づかみにして、首を左右に振る。

恭平は射精覚悟で強く打ち据えた。

「あんっ、あんっ、あんっ……ぁあああ、ぁああうぅ……へんよ、へん」

「いいんだ。へんになっていいんだ。行くよ」

恭平が渾身の力を振り絞って、叩き込んだとき、

「ああ、先生……先生……」

「いいんだよ」

「ああああ、はうっ……！」

唯花は大きくのけぞり、繊細な喉元をさらした。

それから、快感の津波に襲われたように、がく、がくんと躍りあがった。

駄目を押すようにもうひと突きしたとき、唯花は昇りつめたのだろう。

声にならない声を放って、のけぞり返った。

第四章　牝と化す憧れ美熟女

1

平日の昼間、前田竜成は運搬部のグレーの作業着を着て、S半導体工場社宅のB棟501号室の前に立っていた。

ネームプレートには、『清水』とだけ記してある。

ここは、清水部長と美千代、遥香の部屋だが、今、二人は勤務中で、ここには美千代しかいないはずだ。

(やるんだ。やるしかない！)

竜成は自分を鼓舞して、インターフォンを押した。

なかで、ピンポーンとチャイムが響く音が聞こえて、

「はい……」

美千代の声が聞こえた。

「あの……運搬部の社員の前田と申しますが、遥香さんのことでお話が……」

インターフォンに向かって語りかける。

映像付きなので、モニターには作業着を着た竜成の姿が映っているはずだ。これなら、信用してドアを開けくてれるだろう。

しばらくして、玄関ドアが内側から開き、

「失礼ですが、遥香が何か？」

美千代が警戒して言った。

ノースリーブのサマーニットを着て、ボックススカートを穿いている。何の変哲もない普段着でも、美千代が着ると一味も二味も違って見える。

長い髪を後ろでまとめ、こちらを見る顔は不安そうだ。だが、楚々とした美貌なだけに、その不安げな表情がたまらなくそそる。

「じつは俺、遥香さんとつきあっていまして、その件で、お伝えしておきたいことがありまして。遥香さんがいないほうが、と思いまして、失礼だとは思いましたが、今、お訪ねさせていただきました」

「遥香と、つきあっていらっしゃるんですか？」

「はい……事実です」

「そうですか……お入りください」

竜成はリビングに通された。

やはり、部長となると、同じ社宅でも断然ひろい。竜成の部屋は１ＬＤＫだが、ここはおそらく４ＬＤＫはあるだろう。

この格差には唖然としてしまう。

勧められるままにソファに座ると、美千代がコーヒーを出してくれて、一人掛けのソファに腰をおろした。

膝丈のスカートから突き出して、斜めに流された足に見とれていると、美千代がさぐりを入れてきた。

「遥香がおつきあいしている方がいらっしゃるとは知りませんでした」

「運搬部に勤めている前田竜成と言います。遥香さんとは二カ月前からおつきあいをさせていただいています」

「そうですか……遥香からはまったく聞いていなくて……」

「でしょうね。俺は地元採用された三十歳のトラック運転手ですから、遥香さんとしてもあまり他人には言いたくないんでしょう」

美千代は押し黙った。やはり、遥香がエリートとはほど遠い男と交際していることに戸惑いを覚えているのだろう。

「二人がつきあっていることが、信じられないって顔をなさっていますね。証拠を見せましょうか……」

竜成はスマホを取り出して、写真を画面に出した。

「すみませんが、こちらに」

言うと、美千代が席を立って、近づいてきた。竜成の隣に腰をおろして、スマホを覗き込んでくる。

それは、下着姿の遥香が、竜成と顔を接するようにして、ダブルピースをしている写真で、竜成が自撮りしたものだ。

赤裸々な証拠写真を目にした美千代が、顔をそむけた。

「わかりました。おしまいになってください」

「信じてもらえましたか？」

「ええ……。そんな写真、他の人には絶対に見せないでください」

「わかっていますよ」

「それで、遥香抜きで話したいことって、何ですか？」

美千代が怒ったように言う。やはり、二人の交際を認めたくないだろうし、こんな写真を親に見せる竜成に、呆れているのだろう。

「……困っているんです」

「何がですか？」

「じつは、遥香さん以外の女性を好きになってしまったんです」

「はっ……？」

美千代が何を言い出すの、頭がおかしいのという顔で、竜成を見た。

「一目惚れしたんです。その女性に。この前、オフィスでその女性が遥香さんと親しそうに会話を交わしているのを拝見して、その瞬間、その女性に一目惚れしたんです」

「……………！」

「そうです。清水美千代さん、あなたです。俺が一目で恋に落ちたのは……」

まっすぐに目を見ると、美千代がソファの上を移動して、竜成と距離を作った。

「それから、ことあるごとにあなたを見守ってきました。買い物に出かけたり、日曜日に美容室に行ったり、ダンナさんと食事に出かけたりもなさいましたね。部長とは本当に仲がよろしいんですね。遥香がそう言ってましたけど、実際にそうみたいですね。そういえば、遥香が言ってましたよ。夜の生活はいまだにつづいていて、母は普段からは想像できないような恥ずかしい喘ぎ声を出すんだって」

そう畳みかけて、美千代を見た。

美千代は化け物を見るような目で、こわばった視線を投げていたが、

「あなた、何をしにここにいらしたんですか？」

怯えたように立ちあがった。

「何って……あなたを抱くためですよ」

「出て行ってください。出て行って！」

美千代が強い調子で言いながら、後ずさる。

「いいですよ。だけど、それだと、こういう映像が流出することになります」

竜成はスマホをタップして、流れてきた映像を美千代に向けた。

それは、先日、竜成が自分の部屋で、遥香とのセックスをハメ撮りしたものだった。

「あんっ、あんっ、あんっ……」

喘ぎ声が流れて、仰向けになった遥香が乳房を揺らしながら、男に抱きついている姿がはっきりと映っている。

眉をひそめてそれを見ていた美千代の顔が可哀相《かわいそう》なくらいに引きつった。

「これを見れば、遥香さんが色狂いしているのが、はっきりとわかるでしょう？　こういうのもあります」

竜成は別の映像を見せる。

それは、竜成のいきりたつシンボルを、遥香が貪欲にしゃぶっている映像だった。

「やめて……もう、やめて！」

美千代が顔をそむけた。

「遥香は今、俺に夢中です。この前は、俺のトラックのなかでしましたから。それも見ますか？」

「見たくありません！」

「遥香は今、俺の言いなりです。何だって言うことを聞いてくれます。このままだと、完全に俺の奴隷になるでしょうね。今だって、そうですけどね。そうでなければ、ハメ撮りなんてさせてくれないでしょ？　このままだと、俺のハメ撮りストックは増えるばかりだ。それを、一気に流出させたら、どうなりますかね？」

美千代は竜成に怪物でも見るような目を向けて、首を左右に振る。

「困るでしょ、あなたとしては？　美千代さんは後妻で、遥香とは血がつながっていない。だからこそ、自分の娘として大切にしてきましたよね。遥香本人もそう言っています。お母さんは、本当にやさしくしてくれると……」

言いながら、竜成は一歩、また一歩と美千代に歩み寄る。

リビングのコーナーに追いつめられた美千代が、危機感を抱いたのだろう。コーナーから逃げようとする。

竜成はそんな美千代を、後ろから抱え込んだ。

「いやっ……声をあげますよ。人を呼びますよ」

美千代が必死に抗《あらが》う。

「いいですよ……そのときは、この映像が流出することになる。これには、俺の顔は映っていない。ハメ撮りですから。この男が俺であることは、わからない。だから、流出させられるんですよ……一度でいいんだ。俺の夢を叶えてもらえませんか？　ちょっと我慢していれば、あっと言う間ですよ。一度、抱かせてもらえれば、この映像はあなたの見ている前で消去します。俺はコピーなんて取っていませんから。お願いしますよ。好きなんです。一目惚れしたんです」

竜成はスマホをしまい、後ろから美千代を羽交い締めして、リビングの三人用のソファに連れていった。

美千代をうつ伏せにして、馬乗りになり、両手を背中にねじりあげる。

足をバタバタさせる美千代を押さえ込み、作業ズボンのポケットから、荷造り用の粘着テープを取り出した。剝がして、布テープで美千代の手首を合わせた状態でグルグル巻きにする。

ソファに座らせたところ、美千代が声をあげようとしたので、一発、ビンタを張った。

急に静かになった美千代の口に粘着テープを貼りつける。

十五センチほどの長さの布テープで口を横に覆われて、美千代は必死に何か言おうとするものの、声にはならない。うふ、うふとくぐもった呼吸音を洩らし、そのたびに、粘着テープが息で波打つ。

両手を背中で拘束されて、美千代は粘着テープを剝がすこともできずに、怯えた目を向けて、首を左右に振る。

そんな美千代の逼迫した表情や仕種が、竜成にはたまらなかった。

2

竜成は美千代をソファに押し倒して、サマーニットをまくりあげた。

シルバーベージュの刺しゅう付きブラジャーに包まれた乳房がこぼれでて、美千代は「ううっ！」と声にならない呻きを洩らし、いやいやをするように首を振る。

いさいかまわずブラジャーをたくしあげる。

ぶるんとこぼれでた胸のふくらみに、息を呑んだ。

まだ子供を産んでいない乳房は、おそらくEカップはあるだろう、たわわでしかも形よく実っている。薄いベージュの乳首は、粒立った乳輪から控えめにせりだしていた。

「さすがだ。大きいのに、まったく型崩れがない。三十六歳だろ？　女の盛りって感じだな。もったいないよ。これをダンナ専用にしておくのは」

竜成は片方の乳房を鷲づかみにして、ぎゅうとつかんだ。

「うふっ……！」

美千代が粘着テープと口の隙間から、くぐもった声を洩らす。

竜成は揉みしだきながら、乳首に顔を寄せて、ツーッと舐めた。

「ぐふっ……！」

美千代が顎をせりあげる。

竜成がつづけざまに乳首を舌で転がすと、美千代は激しく顔を左右に振り、胸をよじって、逃れようとした。

だが、乳首は見る間にしこって、せりだしてくる。

「すごいな。どんどん乳首が硬くなってきたぞ。ほら、感じるだろ？」

竜成は突起をつまんで、くりくりと転がす。

「ううう、うふっ、うふっ、ふぁぁ！」

美千代が声を洩らす。それが、感じてのことなのか、拒否の反応なのか……。

いずれにしろ、そうやって身悶えをする部長夫人の官能美に、竜成の股間はいきりたつ。

乳首を舌で愛撫しながら、右手をおろしていく。

スカートをまくりあげながら太腿の奥へと、右手を差し込んだ。

美千代はぎゅうと太腿をよじり合わせて、右手を動かぬように挟みつけ、腰をよじる。

竜成が乳首をかるく嚙むと、美千代は息を呑んで、動きを止めた。

その間に、竜成は右手をパンティストッキングと腹部の間にすべり込ませる。じかにパンティに触れて、そこをさすった。

美千代はいや、いや、いやと顔を左右に振っていたが、撫でさするうちに太腿の力がゆるんだ。

竜成はふたたび乳首を舐め転がし、吸う。強く吸うと、

「うふっ……！」

美千代はビクッとして、顔をのけぞらせる。

(そうか……乳首を吸われると感じるんだな)

竜成は連続して、吸引する。

「あふっ、ぁああ、ぁあああふっ……」

美千代の喘ぎが変わった。

(そうか……多少、荒っぽくされたほうが、感じるのかもな)

竜成はパンティストッキングとパンティの間に差し込んだ手で、柔らかい箇所を二本指で圧迫した。女の恥肉がぐちゅりと沈み込んで、

「ぁああふっ……！」

美千代はぐっと顔をのけぞらせる。

(やっぱり、そうだ。これで、どうだ？)

パンティのクロッチを強く撫でさすりながら、乳首を吸い、舐め転がす。

カチンカチンになった突起が唾液まみれになって、そこを舌でもてあそぶと、美千

代はがくん、がくんと痙攣するようになった。パンティの基底部も明らかに湿ってきている。

(感じやすいな。清水部長がいまだに美千代と夜の営みをつづけているのもわかる。この感度抜群の身体を、男は放ってはおけないだろう)

右手をパンティの内側に差し込んだ。高級毛皮のような感触の繊毛があって、その奥へと右手を潜り込ませる。

ハッとした。濡らしているだろうとは思っていたが、濡れ方が尋常ではなかった。指を往復させると、ぬるっ、ぬるっと粘膜がすべる。

「びっくりですよ、美千代さん。あなたは今、レイプされようとしているんですよ。どうして、オマンコ、こんなにぬるぬるにしているんですか?」

狭間をなぞりながら、言葉でなぶった。

もちろん、美千代はテープで口枷されているから、答えられない。

さかんにそれは違うとでも言いたげに、首を横に振る。

「でも、事実ですよ。ほら……」

竜成は右手をいったん恥肉から離して、濡れている人差し指と中指を見せつける。

「見るんだ!」

黒髪をつかんで揺さぶると、美千代はおずおずと目を見開いて、竜成の指を見、いやっとばかりに顔をそむけた。

「わかったでしょ？　自分がどんな女なのか……美千代さんはレイプされようっていうのに、オマンコを濡らす女なんですよ。もっとも、俺はそういう女は大好物です。ますます惚れちゃいました」

竜成は下半身のほうにまわり、パンティストッキングとパンティを引き下ろし、足先から抜き取った。

美千代はソファの上で膝を引きつけて、恥部を隠す。

膝をつかんで押さえつけながら、押し広げると、

「うあっ……！」

美千代が声にならない声をこぼした。

必死に抗っていたが、やがて、無駄だとわかったのだろう。膝を上から押さえつけられて、諦めたかのようにされるがままになった。

布カバーに包まれたソファの上で、美千代はM字開脚された格好で、顔をそむけている。

スカートはまくれあがり、真っ白な太腿の中心に、台形に繁茂した濃い繊毛がびっ

しりと生えている。その流れ込むあたりに、女の花びらがわずかに内部をのぞかせていた。

竜成は片手で膝を押さえつけたまま、もう一方の手でズボンとブリーフを膝までおろす。

自分がされることに気づいたのか、美千代の視線が、竜成の股間からそそりたっている肉柱に止まり、ハッとしたように目を見開いた。

必死に閉じようとする足をひろげておいて、いきりたちを女の花芯に押し当てる。

間髪を入れずに、腰を進めると、亀頭部が濡れた花肉を押し広げていき、

「はうっ……！」

美千代が泣き顔になって、顎を突きあげた。

（ああ、これが……！）

竜成は美千代の感触に酔いしれた。

そこは充分に潤っていて、粘膜が竜成のイチモツにひたひたとからみついてくる。

（レイプされているのに、オマンコがチンコに吸いついてくる！）

竜成はゆっくりと腰をつかう。

両膝を上から押さえつけて、静かに屹立を抜き差しすると、粘膜がへばりついてき

て、

「うあああっ……！」

と、美千代が顔をのけぞらせる。

(たまらん女だ。俺の目は間違っていなかった)

ゆっくりとストロークするだけで、美千代は粘着テープからくぐもった声をこぼし、粘着テープを波打たせながら、

「うあっ、うあっ……」

と、声をこぼして、胸をせりあげる。

長いストレートの髪がソファの肘掛けに扇のように散り、その中心で口に粘着テープを貼られた美貌が泣いているかのように歪んでいた。

そして、サマーニットからこぼれでた充実しきった双乳が、打ち込むたびに、ぶるん、ぶるんと揺れる。

(おいおい、イクんじゃないか……)

竜成はストロークに力を込めた。

上から打ちおろしておいて、途中からすくいあげる。

いきりたっている肉棹がずりゅっ、ずりゅっと膣内を擦りあげ、奥のほうへと潜り

込んでいって、それが子宮口に届くたびに、

「うあっ……！」

美千代は喘ぎ、顎を突きあげる。

「気持ちいいのか？　いいんだな？」

訊くと、美千代はそれは違うとでもいうように、顔を横に振る。

だが、それが演技であることは、その様子からわかる。

竜成はさらに打ち込みを強くする。ぐいっ、ぐいっと奥をえぐり、届かせたところで腰をまわして、奥を捏ねる。

すると、それがいいのだろう。

「ぁあああ、うふっ……」

美千代は顔を大きくのけぞらせた。

奥を捏ねてから、また強く打ち込む。両膝の裏をつかむ指に力がこもる。体重をぐっとかけて、強いストロークを叩き込む。

「あっ、あっ、あっ……！」

美千代はもうどうしていいのかわからないといった様子で、顔を横に向け、あらわになっている乳房をぶるん、ぶるんと豪快に揺らせる。

ここで、竜成のほうに予想外のことが起きた。

あまりにも気持ち良すぎて、射精しそうになったのだ。

竜成はとっさに動きを止めて、やり過ごす。

思いついて、美千代をソファからおろして、床に這わせる。カーペットの敷かれた床に美千代を這わせて、尻を突き出させた。

まくれあがったスカートから真っ白な光沢を放つ双臀がこぼれている。

もう美千代は抵抗しようとはしなかった。ただただ、されるがままだ。

尻の底で、女の祠《ほこら》が赤い内部をのぞかせて、呼吸をするたびに、そこが誘うようにうごめいている。

腰をつかみ寄せて、淫蜜まみれの勃起をふたたび沈み込ませると、

「うあっ……！」

美千代は背中をしならせて、喘ぐ。

背中で粘着テープでグルグル巻きにされた両手首をつかんだ。そのまま引き寄せながら、打ち据えていく。

「ああっ……ぁあああ……あふんっ！」

美千代はテープの隙間から、凄絶な声を洩らす。

膝を大きく開いて、腰の位置を低くし、顔の側面で体重を支えながら、されるがままに打ち込まれている。

尻たぶの谷間には、セピア色をした小菊のように皺を集めたアヌスが、ひくひくとうごめいていた。

竜成が勃起をめり込ませた状態で、かるく尻にビンタをすると、

「うあっ……！」

ハの字に開いた足がビクンと撥《は》ねる。

つづけざまにスパンキングする。ぶたれたところが見る見る赤く染まっていき、美千代は泣いているような声を洩らしながら、びくびくと震えはじめた。

「どうした？ そんなに気持ちいいか？ そうか、あんたマゾだな。いいんだぞ。マゾを全開して……ここには、俺とあんたしかいない。いいんだ、本当の自分を見せて……そうら」

竜成はまた尻ビンタをしてから、本格的な打ち込みにかかる。

ところどころ薔薇色に染まった尻たぶを引き寄せながら、ぐい、ぐいとえぐり込んでいく。

「あっ……あっ……あっ……い、いい、いっ……」

美千代がくぐもった声を洩らした。

「いいんだぞ、イッて……大丈夫だ。ここには俺しかいない。正体をさらせ。いいんだぞ、隠すな……」

腰をつかみ寄せて、怒濤《どとう》のごとく打ち据えたとき、竜成も追い込まれた。それをこらえ、奥歯を食いしばって打ち込むと、

「いぐぅ……！」

美千代は嬌声をこぼし、がくん、がくんと腰を撥ねさせた。

それから、精根尽き果てたように、どっと前に倒れ込んでいく。

竜成は床に横たわって、顔をこちらに向けている美千代に、スマホを向けて、写真を撮った。

シャッター音に気づいて美千代が目を開いたときには、すでに遅かった。

ハッとしたように目を見開いている美千代の顔を撮影した。

「これでいい。見るかい？」

スマホの画面に浮かびあがった写真を見せると、美千代の美貌が引きつった。

「これを、清水部長のパソコンに流してやろうか？」

脅すと、美千代は乱れ髪を張りつかせた顔をあげて、それは絶対にいや、とばかりに激しく首を振る。

「じゃあ、俺の言うことを聞け。どうなんだ！」

最後にビシッと言うと、美千代はもう従うしかないと観念したのか、こくんとうなずいた。

これで、美千代は自分の言いなりになる。

さっきはこの一回だけと、言ったものの、そんな気持ちはない。ここまで来たら、何度でもじっくりと美千代を抱くつもりだ。日を改めて、美千代をなぶることもできるだろう。だいたい、この部屋ではいつ誰がやってくるとも限らない。現在、午後一時。部長や遥香が会社を早退して、帰宅する可能性だってある。

だが、竜成はまだ射精していない。さっき、ぎりぎりで射精を免れた。それに、時間を置けば、美千代が何か対策をしてこないとも限らない。

3

（ここは多少の危険をおかしても、美千代を完全に落としてしまおう）

竜成は心を決めて、ふらふらの美千代を立たせた。

「夫婦の寝室に行こうか？」

言うと、美千代はエッという顔をした。それから、無理ですという顔で、首を左右に振る。

「いいから、行くんだ。いやなら、ここであんたと遥香の映像を流出させるぞ。ＳＮＳに流そうか？　いっぺんに広まるだろうな」

切り札を出した。

美千代はインターネット上に二人の画像が拡散したときのことを想像したのだろう。もう一度、首を左右に振った。

「行くんだ」

追い討ちをかけると、美千代はぎゅっと唇を噛んだ。

竜成は思いついて、美千代のスマホを見つけた。スマホを持ったまま、リビングを出て、夫婦の部屋へとつづく廊下を歩いていく。

粘着テープで後ろ手にくくられ、口をふさがれて、緩慢な動作で歩を進める美千代の後ろ姿に、竜成は自分が引き返せないところに足を踏み入れてしまったことをひしひしと感じる。

（もう後戻りできない。ここはやり切るしかない）

すぐのところにドアがあり、竜成は木のドアを開けてやる。

さすがに部長だけのことはある。部屋にはクロゼットや三面鏡の他に、セミダブルのベッドが置いてあり、いずれも高級感があった。

竜成は美千代をベッドに座らせると、窓のカーテンをすべて閉めた。それから、美千代の死角で、彼女のスマホを起動させ、保存されている写真を年代的に見ていく。

六年前をさがしていると、あった。

ベッドで二人が顔を近づけて、自撮りしている。おそらく、美千代に何らかの意図があって、ベッドでの二人を自撮りし、大切に取っておいたのだろう。

その意図はだいたい読めた。

「口のテープが息苦しいでしょ？　取ってあげましょうか？」

言うと、美千代はこくんとうなずく。

「ただ、助けを呼んだりしたら、そのときは、スマホの画像がどうなっても知りませんよ。約束ですよ」

美千代がまたうなずく。

竜成は口をふさいでいる粘着テープを剝がしてやる。後ろ手にくっつた粘着テープはしたままだ。

口が自由になった美千代は、はあはあと口で荒い息をして、うつむいた。

「ついでに、ひとつ訊きたいことがあるんですが……美千代さんは今のダンナさん、つまり、清水部長とお勤めの宝石店で知り合ったそうですね。遥香さんから聞きました。いつ頃、知り合ったんです？」

「……忘れました」

美千代がそうはぐらかしたので、竜成は攻め手を強める。

「五年前ですか？　それとも、その後ですか？」

「どうして、そんなことを訊くんですか？」

「それは、部長の前の奥さんが亡くなったのが、五年前だからですよ。それ以前に知り合っていたと俺は踏んでいるんですよ。どうなんです？」

「それなら、奥さまが亡くなる前からの知り合いです。というより、お客さまでした。あの人は、奥さまの指輪やネックレスなどを、うちで買われましたから。お二人でいらしたこともあります」

「へえ、じゃあ、あんたは奥さまを知っていながら、部長と不倫していたんだ？」

ズバリと言うと、美千代の顔が一瞬、こわばった。

「バカなことは言わないでください。わたしたちはあくまでもお客さまと店員の……」

「じゃあ、この写真をどう説明するんです？　あなたのスマホを確かめてみたら、こんなものがあった」

六年前に撮影されたベッドでの二人の自撮り写真を突きつける。途端に、美千代の顔から表情が消えた。

「こんな危ない写真をいまだに保存しているのは、何かあったとき、たとえば、離婚を切り出されたときの切り札として取ってあるんですね。大丈夫ですよ。俺は事実を確かめたいだけで、誰にも言いませんから……認めますね？」

美千代は無言で固まっている。認めたようなものだ。

「部長の亡くなった奥さまは確か、癌で闘病生活をしていたと、遥香から聞きました。悪いですね。奥さまが闘病生活を送っている間に、二人は陰で逢って、オマンコしていた。最低ですね」

「……だから今、一生懸命に主人の妻をしています。遥香ちゃんの母親をしています。だから、このことは遥香には、絶対に黙っていてください」

美千代がすがりつくような目を向けてくる。

「もちろん。美千代さんが素直に言うことを聞いていれば、これは公にはならない。あんたは俺には逆らえない。俺のセックス奴隷になるんです。それで、すべてがこれまでどおり行くんだから……言っていることはわかるな？」

「……はい」

美千代が言って、竜成を見あげてきた。その目が、言うとおりにしますから、馬鹿な真似はしないでくださいと訴えている。

竜成はベッドにあがって、背後から美千代の胸をつかんだ。

サマーニットとブラジャーをたくしあげて、たわわな乳房を揉みしだく。乳首をつまんで、強くねじると、

「ああ……くうぅぅ」

美千代はしかめた顔を、ぐぐっとせりあげる。

感じているのだ。苦しむことが、美千代の爆発的な快楽へとつながる。

背中に枝垂《しだ》れ落ちている髪をかきあげて、現れたうなじにキスをする。後《おく》れ毛《げ》の悩ましい襟足をツーッと舐めあげると、

「ああ……！」

美千代は懊悩しながら、声を洩らして顔をのけぞらせる。

そこで、竜成は作業着を脱いだ。下半身には何もつけず、Tシャツ一枚になる。

下腹を打たんばかりに頭を擡げている肉柱を見て、美千代がハッと息を呑むのがわかった。血管の浮き出る太棹に、視線が釘付けになった。だが、それも一瞬で、顔をそむける。

竜成は美千代をベッドに座らせ、自分はその前に立つ。

「舐めろ！」

命じたものの、美千代はためらっている。

「すべての写真を流出させるぞ。それがいやなら、やれ！」

ビシッと言うと、美千代はやるしかないと思ったのだろう、おずおずと顔をあげて、目の前でいきりたっているものに目の焦点を合わせた。

竜成のものは長さは普通だが、胴回りが太い。

美千代が首を左右に振った。

「やるんだ！」

叱咤《しった》すると、美千代は顔を寄せてきた。

いまだに両手を粘着テープでひとつにくくられているので、手指は使えない。

いきりたっているイチモツを見て、美千代はためらった。逡巡を振り切るように、上から唇をかぶせてくる。少し頬張ったところで、おずおずと舌を裏血の発着点にからめてくる。ストロークはせずに、裏側にねっとりと舌を走らせる。

いったん吐きだして、救いを求めるような目で見あげてきた。

「やるんだ！」

ふたたび強い口調で言うと、美千代は目を伏せて、いきりたちの頭部に唇をかぶせてくる。

今度は、ゆっくりと顔を振りはじめた。

後ろ手にくくられていてやりにくいのだろう、全身を使って唇を往復させる。

長いストレートの髪が顔を半ば隠していた。

竜成はその髪をかきあげて片方に寄せ、表情が見えやすいようにする。

すると、それが癖になっているのだろう、美千代は髪が邪魔にならないように、少し顔を傾けて、静かに唇をすべらせる。

徐々に息づかいが荒くなり、胸が波打ちはじめた。

焦れて、竜成は黒髪を鷲づかみにした。顔を固定しておいて、自分から腰をつかう。

胴の太い肉柱が、美千代のととのった唇をずりゅっ、ずりゅっと犯していき、それにつれて、赤い唇がめくれあがりながら、肉胴にまとわりついてくる。

いやがるかと思った。だが、違った。

美千代はされるがままに身を任せて、口腔を凌辱されることを受け入れている。鼻呼吸だけで苦しいのだろう、大きく胸を弾ませながらも、出入りする肉胴にぴっちりと唇をからみつかせている。

竜成がイラマチオをやめると、しばらくして、美千代はみずから顔を振りはじめた。徐々にストロークの幅とピッチがあがり、ついには、根元に近いところまで頰張り、そこから引きあげていく。

もう自分がコントロールできないとでも言うように、唇を大きくすべらせ、溜まってきた唾液を啜る。

啜りながら、頰をぺっこりと凹ませた。

（バキュームフェラか……レイプされているのに、バキュームフェラとはな……）

おそらく、美千代はダンナにも同じことをしているのだろう。ついついそれが出てしまっているのだ。

「いいぞ。もっとだ。もっと、しごけ！」

叱咤すると、美千代は頰張ったまま、ちらりと見あげてきた。

恨みがましい目を向けていたが、竜成が髪をつかんで、ぐいと腰を突き出すと、

「ぐふっ……」

えずいて、肉棹を吐きだした。

「ちゃんとやれよ！」

叱責する。

美千代は怒られた子供のように怯えた顔をして、また頬張ってくる。

今度はぐっと根元まで唇をすべらせる。深々と頬張ったところで、竜成は髪をつかんで顔を引き寄せておいて、ぐいと腰をせりだした。

「うぐぐっ……！」

亀頭部で喉を突かれて、美千代は苦しそうに眉根を寄せる。そのまま押しつけていると、頬張りながらえずきだした。

「うがが……！」

と、横隔膜を上下させる。

力をゆるめて、訊いた。

「本気でやる気になったか？」

美千代は頬張ったまま、上目づかいで見あげて、こくこくとうなずいた。

「よし、腕を自由にしてやる。いい加減にやるなら、またくるからな」

そう言って、腰を引いた。

女座りしている美千代の後ろ手の粘着テープを剝がしてやる。外すと、美千代は腕を前にまわして、テープが食い込んでいた手首を確かめるようにさすった。

4

サマーニットとスカートを脱がせて、ブラジャーを外した。

一糸まとわぬ姿に剝かれて、羞恥に胸を隠している美千代からは、三十六歳の熟れた色香がむんむんと匂い立っている。

ベッドにあがった竜成は、美千代にシックスナインをするように命じて、仰向けに寝た。

すると、美千代は尻を向ける形で、おずおずとまたがってきた。

尻たぶの底を手で隠そうとするので、その手を振り払う。

「いい加減、正体をさらせよ。本気でやらないと、どうなるかわかっているだろう？しゃぶれよ！」

竜成は汗ばんでいる尻をかるく平手で叩いた。

美千代はその痛みで従順さを思い出したのか、下腹部でそそりたっているものに唇をかぶせてる。最初はおずおずとしていたのに、やがて、根元を右手で握り、余った部分を唇でしごきたててくる。

やはり、男のイチモツが好きなのだろう。

しゃぶるうちに、情感がこもってきて、ついには、肉棹を指でしごきたてながら、余っている部分に、激しく唇を往復させる。

その姿には、男根に対する敬愛の気持ちが感じられる。

（いいぞ。美千代は思ったとおりの女だ）

竜成は満足を覚えながら、その前の双臀を引き寄せる。

両手で開くと、つられて花芯もひろがって、鶏頭《けいとう》の花のような陰唇の奥に、濃いピンクから赤へのグラデーションを示す粘膜があらわになった。

全体に透明な淫蜜があふれだして、いやらしくぬめ光っている。

淫らな花をスーッと舐めあげると、

「んっ……！」

美千代は肉棹を頬張ったまま、びくんと腰を揺らせる。

つづけざまに、狭間に舌を走らせる。肉びらがいっそうひろがって、内部の潤みが増してきた。

今だとばかりに、竜成が笹舟形の女陰の底の小さな突起を口に含むと、

「んんんんっ……！」

美千代は頬張ったまま、くぐもった声を洩らして、切なげに腰を揺すった。

肉芽を吸い、舐めしゃぶるうちに、包皮が剝けて、本体がぬっと現れた。珊瑚色にぬめる丸い真珠を指で円を描くようになぶり、もう一度、強く吸いあげる。

「んんっ……あはぁああ……！」

勃起を咥えていられなくなったのか、美千代が顔をのけぞらせて喘いだ。

「いいんだな。クリトリスが気持ちいいんだな？　答えろ！」

ビシッと尻にビンタをすると、

「ああ、はい……はい……ぁああうぅぅ」

美千代はのけぞりながら、肉棹を指でしごきたててくる。

「いいぞ。ほら、しゃぶれ。気持ち良くなっても、しゃぶりつづけるんだ……返事は？」

「はい……」

素直に答えて、美千代はふたたび頬張ってくる。

竜成は花肉を舐めつづける。すると、尻たぶの谷間で、セピア色のきれいな放射状をなすアヌスの窄まりが、目に入った。

美しい窄まりが、ひくひくっとうごめいて、竜成を誘っている。

そこに舌を這わせると、

「うんっ……！」

美千代がびくっとして、尻を窄めようとする。

かまわず舐めつづけるうちに、

「うふっ、うふっ……」

美千代は勃起を頬張りながらも、甘く鼻を鳴らす。

「そうか……美千代はここも好きか。一度、ここに嵌《は》められると、それが忘れられなくなるみたいだぞ。今度、アナル調教してやるからな」

竜成はそう言ってから、その下でうごめく膣口に中指を押し込んでいく。

充分に潤っている入口が中指を受け入れて、ぬるぬるっと嵌まり込み、なかの熱い粘膜がその侵入を拒むかのようにまとわりついてきた。奥まで届かせると、

「ううっ……！」

美千代は頬張ったまま呻き、一瞬、ストロークを止めた。

とろとろに蕩《とろ》けた肉路を中指でかきまぜる。

まったりとからみついてくる粘膜の下側を中指で押すようにして、擦る。それをつづけていくと、美千代は「んんんっ、んんんんっ」と咥えたまま、くぐもった声を洩らす。

人差し指を加えて、二本を押し込んだ。

ぎゅうと締めつけてくる膣に出し入れすると、とろっとした蜜がすくいだされて、美千代の気配が変わった。

「ジュルル、ジュルル……」

手指で根元をしごき、唾液とともに亀頭部を吸い込む。

なおも抜き差しのピッチをあげると、美千代はそれに対抗するように、遮二無二しゃぶってくる。

とても上品な奥さまが出す音とは思えない淫らな音を響かせながら、食らいつくように頬張り、しごいてくる。

(いい根性をしている。貪欲なんだな。業が深い)

竜成が二本指で粘膜を手前に引っかくようにピストンしていると、美千代はストロークできなくなったのか、肉棹をただ頬張るだけになって、

「ううっ、うううぁああ……」

と、逼迫した声を洩らした。

さらに、指腹で粘膜を押しながら抜き差しを繰り返すと、ぐちゅぐちゅと粘着音が響いて、

「ぁあああ、ダメっ……ゴメンなさい。できない……」

美千代は顔を離して、肉茎をぎゅっと握る。

「できないって？　しょうがないな。じゃあ、そのまま移動していって、自分で入れるんだ」

美千代はいやいやをするように首を振る。

「やるんだ！　今更、貞淑《ていしゅく》ぶっても遅いんだよ」

尻たぶをかるくスパンキングした。

美千代は緩慢な動作で足のほうに移っていき、片膝を立てた。竜成の勃起をつかんで、濡れ溝に擦りつけた。

それから、慎重に沈み込んでくる。

いきりたちがとても窮屈なところを突破していく確かな感触があって、

「うあっ……！」

美千代は肉茎から手を離して、小さく喘いだ。

竜成が何も言わずとも、自分から動きだした。

上体を立て、背中を見せておずおずと腰を振る。

淫らすぎた。

大きな尻がこちらに向けて突き出され、前に逃げる。徐々に動きが活発化していき、ついには、

「あっ……んっ……ぁああうぅぅ」

抑えきれない声をあげる。

自分が淫らな喘ぎを洩らしたのを恥じるように、右手で口許を覆った。それでも、腰振りはやまず、むしろ、速まっていく。

いやいやをするように首を振りながらも、いつの間にか両膝を開き、腰を斜め前に逃がし、そこから沈み込んでくる。

(これが、貞淑な後妻の夜の顔か……セックスが好きで好きでたまらないんだな)

昂揚してきて、竜成は命じた。

「そのまま前に屈んで、脛《すね》を舐めるんだ」

美千代は一瞬、戸惑ったようだったが、素直に前に上体を倒していく。

たわわなオッパイが竜成の足に触れるまで身体を折り曲げたので、竜成には美千代の尻が目に飛び込んできた。

蜜まみれの肉柱が、尻の底の蜜壺に嵌まり込んでいる。

そして、上方にはセピア色の小菊が息づいていた。

なめらかで、濡れて温かい肉片が向こう脛を這っていく。その極上の快感に、竜成は酔いしれる。

脛を弁慶の泣き所と呼ぶのは、おそらく骨の間近に皮膚があって、とても刺激に敏感なところだからだ。そこをツーッ、ツーッと舐められると、ぞわぞわっとした快感が走り抜けた。

前からそれはわかっていたが、相手が美千代だと全然違う。

「舐めながら、腰を動かせ」

うながすと、美千代は言われたように向こう脛に舌を這わせながら、腰を前後に移動させる。

すると、尻とともに肉壺も動いて、イチモツを包み込んでくる。

（ああ、気持ち良すぎる……！）

向こう脛を這う温かくて、なめらかな舌がもたらすゾクゾク感。そして、勃起をピストンされる快感。この二つが合わさって、体のなかにひろがる。

この眺めもたまらない。

美千代が足を舐めるたびに、膣口から肉棹が出たり、入ったりする。

みっちりと埋まった勃起が貝のように開いた膣口をめくれあがらせている。しとどな蜜があふれて、竜成の陰毛まで濡らしている。

美千代はいやがらずに、むしろ、これが快楽なのとばかりに、情熱的に脛を舐め、肉棹を締めつけてくる。

尻の穴も結合部分も、竜成に丸見えなのはわかっているはずだ。それに、自分を脅している男の足を舐めるなど、恥辱以外の何物でもないだろう。

なのに、美千代はむしろ積極的に行っている。

男に奉仕をすることに、悦びを覚えるのだろう。おそらく、部長もこれに骨抜きにされたのだ。闘病中の愛妻がいながら、関係をつづけるくらいに。

「いいぞ。今度は挿入したまま、こちらを向くんだ」

言うと、美千代は上体を起こした。

ゆっくりと時計回りで、足を移動しながら、いったん真横を向き、それから、回転して、向かい合う形になった。

美千代ははにかむように竜成を見て、長い髪をかきあげた。

その目はぼぅとして、潤み、すでにセックスの快楽に没入してしまっていることがわかった。

美千代は上体を立てて、蹲踞《そんきょ》の姿勢になった。

両膝を立てて、腰を引いたり、突き出したりして、竜成の勃起を揉みしだいてくる。

それから、両手を太腿に添えて、腰を上下に振りだした。

ぎりぎりまで尻を引き上げておいて、そこからゆっくりと沈めてくる。

半分以上見えていた肉棹が美千代の体内に吸い込まれていき、奥まで届くと、

「あんっ……！」

美千代は顔を撥ねあげる。

太腿をぶるぶる震わせながら、また、引きあげていき、今度は一気に落とし込んでくる。

「あっ……！」

切っ先が子宮口にぶつかって、
美千代は大きく顔をのけぞらせる。

すごい光景だった。

普段は品が良く、優美な部長夫人が、今は本能のままに尻を叩きつけてくる。

スワワットの形がつらくなったのだろう、美千代は前に屈んで、竜成の胸板に両手を突いた。前屈みになって、じっくりと尻を振りあげ、落としながらも、それがもたらす効果を推し量るような目で、竜成を見おろしてくる。

「いいよ、気持ちいいよ。あんたは最高の女だ」

美千代をさらにその気にさせようとして言う。

すると、美千代は口許に笑みを刻み、徐々に腰振りを強くしていく。

とろんとした目を向けながら、もう自分の意志ではコントロールできないとでもいうように腰を振りあげて、落とす。

落としきったところで腰をグラインドさせて、亀頭部を奥にぐりぐりと擦りつけ、

「あああ、ああうぅぅ」

気持ち良さそうに顎をせりあげる。

美千代がまた尻をあげて、落とす。

その瞬間を狙って、腰を突きあげてやった。カウンターパンチとなって、屹立が奥に当たる効果が倍増して、

「うあああっ……！」

美千代は悲鳴に近い声を放って、がくんとのけぞった。

ここぞとばかりに連続して突きあげると、

「あん、あん、あんっ……ダメぇー……うはっ！」

美千代は小刻みに身体を震わせながら、どっと前に突っ伏してきた。イッたのだろう。

竜成に抱きつくように痙攣している。

「まだまだ、イケるだろう」

竜成は折り重なっている美千代の背中と腰を抱き寄せて、下から、つづけざまに突きあげてやる。

ぐいぐいぐいっと腰をせりあげると、勃起が斜め上方に向かって膣を擦りあげていき、

「ぁああ、いや、いや……」

美千代はする必要のない抵抗をしていたが、やがて、

「あんっ、あんっ、あんっ……許して。またイキます」

耳元で逼迫した声を放つ。

「いいぞ。イケよ。あんたはレイプされてイク女なんだよ。あんたのせいじゃない。

あんたの身体のせいなんだよ。愉《たの》しめばいい。愉しもうぜ」

耳元で言い聞かせて、連続して突きあげたとき、

「いや、いや、いや……ぁあぁ、しないで、しないで……ぁあぁ、ぁあぁあぁ、ダメっ……イキそう。イクわ……許して……ぁあぁあぁぁぁ、くっ！」

美千代はしがみつきながら、がくん、がくんと身体を撥ねさせた。

もう一太刀《ひとたち》浴びせたとき、竜成もこれまで味わったことのない異次元の絶頂に押し上げられて、熱い男液を大量に放っていた。


放出した後の短い賢者タイムが過ぎて、竜成はスマホの時計を見た。ちょうど午後四時。

今日は夜勤で、午後五時から出勤だから、そろそろお暇《いとま》しなくてはいけない。それに、美千代が身繕いをととのえて、夫と娘を待つ時間も必要だろう。

隣を見ると、美千代はいまだにぐったりと横臥して、微塵も動けない様子だ。

精根尽き果てたという感じだ。それだけ、強烈なセックスだったのだ。

「いつまでひたっているんだ。そろそろ帰るから。あんたも服を着ろよ……名残惜し

いだろうけど、今日はもう帰る。また来るからな」

美千代がエッという顔で、竜成を見た。

「一回と決めていたんだけどな。美千代としているうちに、もっとしたくなった。ライン交換するぞ」

竜成は美千代のスマホを取り出して、勝手にライン交換をした。

そのとき、隣の部屋から、

「あんっ、あんっ、あんっ……」

と、若い女の喘ぎ声が、壁を通して聞こえてきた。

（うんっ……？）

壁に近づいていき、耳を寄せると、

「ああ、先生……ほんと、エッチな先生なんだから……あん、ダメだったら、聞こえちゃうよ……ぁああ、すごい、先生、すごい……あっ、あっ、あっ！」

今度ははっきりと聞こえた。

（この若い声は誰だ？　先生って、もしかして……）

服を着ている美千代に訊いた。

「ここの隣の部屋って、誰の部屋だよ？」

女の喘ぎが耳に届いているから、言いにくかったのだろう、美千代は押し黙っている。

「教えろよ。わかっているだろうが、一度寝たくらいで、あのビデオや写真を消すつもりはない。あれを流すぞ。どうせ、すぐにわかることだ。言えよ」

「……多胡さんのお部屋です」

美千代が申し訳なさそうに言った。

「多胡って……管理部の多胡主任の？」

「はい……」

「じゃあ、この声は……多胡の浪人している娘の声か……」

「知りません」

「いや、そうだろ？　母親がこんな若い声を出すわけがない。そうか、そういうことか」

竜成の頭には、たまに見かける多胡唯花の顔が浮かんだ。

モデルになれるんじゃないかと思うほどのスタイルのいい美人で、竜成もこんな若い女を落とせたらと、羨望《せんぼう》の目で見ていた。

そして……竜成にはすべてがわかった。

今はもう声はやんでいるが、さっき唯花は相手の男を『先生』と呼んでいた。

竜成は、この前呑んだときの恭平との会話を思い出していた。

『最近、もうひとりの家庭教師をはじめたんだ。うちの多胡主任の娘さんで、今、大学浪人しているんだ。で、面倒見てくれないかって……』

『多胡主任の娘って……あのスタイル抜群の彼女だろ？　あんな子、そうそういないぞ。チャンスじゃないか……やっちまえよ』

『まさか……家庭教師が教え子に手をつけたら、お終《しま》いだよ』

恭平はそう聖人君子ぶって言っていた。

（恭平の野郎……善人面していたのに、実際、こうやって唯花ちゃんとやってるじゃないか……！　先生と呼ばれるのは、恭平しかいないだろう。あの野郎、あの野郎！

いや、だけど今は平日の午後だぞ）

今の時間、恭平は商品管理部で働いているはずだ。

だが、仕事で外出しているその時間を利用して、両親の留守に連絡を取り合って、こっそりと密会していることだって考えられる。

（確かめたい……）

竜成は作業着を着て、玄関まで行った。

「また、連絡するからな。あんたはノーとは言えない。わかっているよな？」

「……あの……」

「何だ？」

「この部屋だけは……」

「そうか……そうだよな。隣の声があれだけ聞こえるってことは、こちらの声も聞こえるってことだもんな。わかった。考えておくよ」

竜成は廊下に出た。

スマホを見ると、午後四時半だった。

夜勤は午後五時からだから、あと十五分はここにいられる。

恭平も仕事での外出なら、そう長くはいられないだろう。

５０２号室から離れた廊下の角で部屋を監視する。時間が過ぎ、そろそろ限界の四時四十五分になったとき、５０２号室の玄関ドアが開いた。

すぐに、男が出てきた。部屋の唯花に何か言って、こちらに向かって歩いてくる。

その顔を見た。やはり、木村恭平だった。

スマホを見て急ぎ足で歩いてくる恭平の前に、竜成は立ちはだかった。

「恭平、多胡主任の部屋で何してたんだよ？　唯花ちゃんの喘ぎ声が聞こえてたぞ」

ズバリと言うと、恭平の顔から見る見る血の気が引いていった。

第五章　混沌の果てに

1

翌日の夜、竜成が自分で買った六本パックの缶ビールを携えて、恭平の部屋にやってきた。

竜成はづかづかと部屋にあがると、

「差し入れだ」

パックの缶ビールを恭平に渡して、小さな座卓の前に、胡座《あぐら》をかいた。

恭平は戦々恐々として冷蔵庫から冷やしてあった缶ビールを二本、取り出して、それを座卓に置き、ポテトチップスの袋を破り、つまみやすくして座卓にひろげた。

向かい合う形で座ると、竜成は缶ビールを開けて、ぐびっと呑んだ。缶ビールを座

卓に置いて、

「お前、なかなかやるじゃん」

恭平を見て、にやにやした。

何かひどいことを言われるのかと心配していたので、ホッとした。

昨日の実情はこうだ。オフィスで働いているときに、多胡唯花からスマホに電話がかかってきた。

『しばらく母はいないから、来て。来なかったら、二人がしてることをお父さんに言いつけるからね』

そう言われて、恭平は『倉庫で在庫を確認してきます。一時間はかかるかもしれません』ととっさにウソをついて、社宅に向かった。

B棟の502号室に行くと、部屋には唯花がひとりでいて、求められるままに抱いてしまった。

唯花は肉体関係を持っても、成績はさがらなかった。むしろ、急上昇している。だから、唯花の求めには応じるしかなかった——。

などというのは、自己の欲望の正当化であることもわかっていた。恭平自身も回数を重ねるにつれて、女になっていく唯花の奔放なセックスに溺れつつあった。

もちろん、自分が家庭教師として最悪なことをしていることは、充分わかっている。

だが、理性では抑えられないものがあるのだ。

恭平も黙って、ぐびっと缶ビールを呑む。

昨日、廊下で鉢合わせたとき、竜成はにやにやして、

『俺、夜勤で今から仕事だからさ。明日の夜に部屋に行くから、待ってろよ』

そう言って、去っていった。

竜成が唯花の喘ぎ声を聞いたのは、あの近くにいたからだろう。なぜあそこにいたのかわからないが、自分と唯花との仲に気づいたことは明らかだった。

「恭平、多胡唯花の家庭教師やってたよな？」

「……ああ。彼女は大学浪人しているから、多胡主任に家庭教師やってくれって頼まれたんだ」

「で、成績はあがってるのか？」

「ああ、あがってる。このまま行けば、第一志望に受かると思う」

「……なるほどな。勉強教えるついでに、あっちのほうも教えちゃってるってわけだ」

竜成がいやらしい顔で目のなかを覗き込んでくるので、恭平は視線を逸らした。

「わざとらしいんだよ。その視線の逸らせ方が……自分で、はいセックスも教えていますって認めているようなものじゃねえか」

竜成がグビッと缶ビールを呷《あお》った。

「すげえよな。確かに、俺もお前に唯花ちゃんとやっちゃいなよって、勧めたよ。だけど、まさか本当にやっちゃうとはね。大したもんだよ」

「……していない」

恭平は否定した。

「いいんだよ。俺にウソはつかなくて……俺がどこで、唯花ちゃんの『あん、あん』を聞いていたと思う？」

「……廊下じゃないのか？」

「ああ……隣の部屋だよ」

「隣？」

「清水部長の部屋だ。知らなかったか？」

隣室に声が洩れないようにと、意識はしていた。だが、隣室に誰が住んでいるのか、気にしていなかった。

「あそこは清水部長のお宅で、当然ながら、奥さんの美千代さんと、娘の遥香も住んでいる」

「どうして、竜成さんがあそこに？」

「奥さんとやってたんでね、セックスを」

「はっ……？」

恭平は愕然とする。

「わからないのか？　俺は美千代夫人の不倫相手なんだよ。正確に言えば、あの日になったんだけどな……それまでは、俺は遥香ちゃんとやってたからさ」

「何を言っているんだ？」

恭平には、竜成の言っていることがひどい戯言《ざれごと》にしか聞こえない。

「前に、落とせそうな若い社員がいるって言ったよな。あれは、清水遥香のことだ。あれから俺は実際に遥香と寝た。大喜びしてたよ」

「………」

それは何となく納得できた。確かに、清水遥香は竜成に惹かれていた。それはわかった。遥香が竜成に抱かれたことは事実かもしれない。しかし……。恭平は確認をした。

「竜成さんは、自分の恋人の母親としたのか？」

「そうだよ。俺の本命はもともと美千代のほうだった。オフィスで彼女を見て、一目惚れしてね。もちろん、遥香は簡単に落ちるだろうとは考えていた。でも、そんなにやりてえわけじゃないから、抱いていなかった。そこで、あいつの母親に遭遇した。それで俺は絶対にこの女を落とそうと決めたんだ。その目的があって、遥香を抱いたんだ。見ろよ」

竜成がスマホを取り出して、映像を流した。

愕然とした。明らかにハメ撮りしたとわかる、遥香が正常位で貫かれて、気持ち良さそうに喘いでいる映像が、『あん、あん、あんっ、あんっ』という生々しい声とともに再生されている。

「これで、俺の言っていることが事実だってわかっただろ？　これをネタに脅したら、美千代はいやいやながら許してくれたよ。もっとも、最後は自分が上になって、腰を振っていたけどな。遥香は部長の連れ子で、美千代と血はつながっていないんだ。だけど、二人ともマゾなんだよ。不思議だよな……そうか、遥香は時々、美千代と部長のセックスを盗み聞きしているみたいだから、それで、美千代のマゾが遥香にうつったのかもな。なるほど、そういうことか……」

竜成はうんうんとうなずいている。

恭平も最初は法螺《ほら》だと思っていたが、こうやって実感のある話を聞くと、事実だと認めざるを得なかった。

(母娘とするなんて、恐ろしい男だ……)

おそらく恭平は冷ややかな視線を送っていたのだろう、竜成が言った。

「何だよ、怪物を見るみたいな目をしやがって……俺が怪物なら、お前だってそうだろ？　知ってるぞ。恭平は、相澤祥子ともやってただろ？　見たんだ。相澤祥子がお前の部屋に隠れながら入っていくのを。長い間、出てこなかったよな。すごいよな。家庭教師やってる生徒の母親とやって、もう一件の家庭教師の生徒ともやってるんだからな。考えようによっては、俺よりお前のほうが、エグいことしてるだろう。違うか？」

竜成に向けた侮蔑の矢が、恭平自身の胸にも突き刺さった。

(そうだ。確かに、俺はひどいことをしている。家庭教師として信頼されているがゆえに、裏切り度は俺のほうが高い)

恭平は言い返せない。

それなりの理由がある。祥子は夫の不倫に耐えかねていた。身体を合わせたのは一度だけで、その後は抱いていない。唯花も毒親から逃れたかったから、恭平を頼った。

だが、今更そんな言い訳をしたところで、自分が惨めになるだけだ。

どんな理由があろうと、自分が家庭教師として最低なことをしていることに変わりはない。

恭平が言葉を返せなかったことで、事実だと認めたという認識になったのだろう、竜成が言った。

「深刻な顔するなよ。お前、誤解してるんじゃないか？　俺は恭平を責めているわけじゃない。むしろ、称賛しているんだ。見直したよ、恭平を……あのとき、二人でこの社宅を眺めながら誓ったじゃねえか。ここに住んでるのは、都会の女で、田舎女とは違う。そんな女としてえなって……俺も恭平もそれを叶えつつあるってことだ。よし、乾杯しようぜ。社宅のいい女たちに乾杯！」

竜成は勝手に缶ビールを、恭平の缶ビールに近づけて、ぶつけてきた。アルミ缶の当たる音がして、竜成は自分の缶ビールをぐいと呷る。

恭平はさすがに呑めない。

竜成はあまりにもひどすぎる。人間として、最低だ。

そんな恭平を、竜成はじっと観察していたが、ぼつりと言った。

「なあ、俺たち組まないか？」

「えっ……？」

「じつは、今、あることを考えているんだ。悪いことだぞ。人として最低なことだ。悪魔の所業だ。この前、ふと考えついてな。そうしたら、ずっと頭から消えないんだ。ひとりじゃできねえんだよ。それで、恭平にも手伝ってほしいんだ」

竜成が近づいてきて、恭平の肩を抱き寄せた。

「……何を？」

「……清水遥香と美千代を、二人でやるんだ」

恭平は自分の耳を疑った。馬鹿げている。それこそ、竜成が自分で言っていたように、悪魔の所業だ。

「何、バカなこと言ってるんだ。そんな愚かしいこと、できるわけがない」

恭平は撥ねつける。今だって自分は最低の人間だが、そんなことに加担したら自分は確実に地獄に落ちる。

同意があってするのと、無理やりするのでは全然違う。

「無理だよ」

再度言うと、竜成の態度が一変した。

「恭平は俺の言いなりになるしかないんだよ。お前は今、うちの会社勤めをそつなくこなしている。そればかりか、社員のご子息の家庭教師としても引っ張りだこだ。だが、そんな男がじつは、家庭教師先で母親と生徒二人に手を出している。寝てるんだよ。肉体関係を持ってるんだよ。それを、周りが知ったら、どうなるかな？」

竜成がこれまで見たことのない、邪悪な顔をした。

（ああ、これが竜成の本性なのか……！）

恭平は竜成を見誤っていたことを痛感する。

「今、思っただろう。証拠がないって……そんなの噂で終わるって……だけどな、相澤祥子も多胡唯花も、その噂がひろまるだけで、大打撃を受けるんじゃないか？可哀相にな。お前を雇った相澤課長や多胡主任も、面目丸つぶれだよな。ここの社宅の奥さま連中、スキャンダルに飢えててさ。お前も知ってるだろう？この前、安原《やすはら》所長の奥さんが買い物途中に、部下の井原《いはら》さんと偶然、鉢合わせて、井原さんが量が多くて大変そうだったんで、買い物袋を持って部屋まで一緒に行ったら、それだけで、二人は出来てるんじゃないかって、スキャンダルになったじゃないか……。ここの連中は、お互いに監視しあっている。そういう場所で、お前と二人の噂が出たら、どうなる？お前はもちろん家庭教師はクビだ。それだけじゃないぞ、うちの会社にもいられなくなるかもな。それでも、ノーと言えるのかな？」

竜成が畳みかけてきた。確かに、そのとおりだ。

ここの団地は勤めている会社が同じだけに、相互監視のシステムが自動にできあがってしまっている。

そんななかで、恭平のスキャンダルが出たら……。最悪なのは、その噂が現実であることだ。もしそんな噂がひろがったら、自分はここにはいられなくなる。自分だけのことではない。相澤祥子にも多胡唯花にも、多大な迷惑をかける。

竜成が一転して、しんみりとして言った。

「俺はさ、人生、やるときはやらないとダメだって思ってるんだ。そりゃあ、今はまがりなりにも人並みの生活ができてる。それも、この移転してきた会社のお蔭だよな。それはわかっているさ。だけど、何かが足りないんだよな。部長の母娘とひとりずつしたって、実際には血はつながっていないんだし、他人の二人としてるって感じで……そりゃあ、美千代さんはマゾだし、かなりいいんだけどな。あの人を調教していけるだけで、満足すべきなんだろうけど……だけど、何かが足りないんだよ。俺はもっと刺激的なことがしたい。それで、たとえここを追われることになっても、そんなのはまた一歩からやり直せばいいじゃないか。俺はこのチャンスを逃したくないんだ。時は来たんだよ。考えてみなよ。俺と恭平のセックスしている相手が隣同士だったたんだぞ。こんなにひろい社宅でよりによって隣同士だったなんて、運命としか思えないだろ？　いいか、この偶然には人知を超えたものが働いている。これは俺たちの宿命なんだよ。それをやったら、きっと何か新しい道が開ける。俺はそう信じているんだ……即決しろとは言わない。時間をくれてやるよ……今夜は呑もうぜ」

竜成はふたたび缶ビールをぐびっと呷った。恭平も異常な喉の渇きを覚えて、ビールを傾ける。

大好きなビールを、こんなに苦く感じたのは生まれて初めてだった。

2

いよいよ決行の日がやってきた。

夕方、仕事を終えた前田竜成は、工場から車で十五分ほどの位置にある駅近くのホテルの一室にいた。清水美千代には三十分前に、ホテルのルームナンバーを教えてあるから、そろそろやってくるだろう。

竜成が今夜に決めたのは、S社の主力部隊が今日から二泊三日で、台湾の工場への視察旅行に行っているからだ。

現在、半導体の分野では台湾が世界をリードしていて、うちも台湾からの技術的援助を受けているらしいのだ。エンジニアだけでなく、各部門のリーダーと目される社員も同行していて、清水部長も旅行に参加している。

したがって、部長も明後日まで帰ってこない。

遥香も今、恭平が相手をしていて、こちらから連絡があったら、恭平が遥香をここに連れてくるはずだ。

遥香に恭平を自分の親友だと紹介して、一緒に飲み食いをした。今夜も三人で呑む予定になっていたが、竜成に急用ができて、遅れると、遥香には伝えてある。

美千代は一度、このホテルで抱いた。社宅では無理と言うので、わざわざここを用意した。周囲を気にする必要がなくなったからだろうが、美千代は獣染みた声をあげて、イキまくった。

だから、今夜も絶対にやってくる。夫が視察旅行で帰宅しないのだから、美千代も羽目を外したい気持ちが強くなっているはずだ。

(遅いぞ。早く来いよ！)

苛立って、ツインベッドが置かれた部屋をぐるぐるまわっていると、ドアがノックされた。

急いでドアを開けると、着物姿の美千代が立っていた。着物で来るように、命じておいたのだ。

「どうぞ」

招き入れると、美千代が静かに入ってきた。

ストライプの小紋を身につけて、髪を結った美千代は、芸能人かと思うほどに優美で華やかだった。

この女がいざとなると、あんなに乱れるのだ。

「ダンナが家を開けているから、気持ちが晴れやかだろう?」

言うと、美千代は小さくうなずいた。

先日、ここで抱いてから、美千代は本当に素直になった。元々、快楽を与えてくれる男には従順になるタイプなのだ。美千代は自分のご主人様を、夫から竜成にかえたのだ。

窓際に立って、カーテンを閉め切った美千代を後ろからハグし、着物と長襦袢《ながじゅばん》の衿《えり》元から右手をすべり込ませる。すぐのところに生の乳房が息づいていて、しっとりとしたふくらみをぐいっとつかむと、

「あっ……!」

美千代はがくんとのけぞる。

たわわなふくらみを揉みしだき、頂《いただき》の乳首に触れると、そこはすでに勃起していて、それをつまんで転がすと、

「あっ……いやっ……あんっ」

美千代はたちまち甘く鼻を鳴らした。

「乳首、カチカチだな。ここに来る途中で、もう昂奮していたんだろ？」

耳元で問うと、美千代は小さくうなずいた。

「ということは、ひょっとして、ここも濡らしているのかな？」

竜成は着物と長襦袢の前身頃《まえみごろ》をまくり、手を差し込んでいく。

パンティは穿いておらず、すべすべした太腿の奥には柔らかな繊毛とともに、女の湿った花園が息づいていて、中指に力を込めると、花びらが割れて、ぬるっとした粘膜が指を包み込んできた。

「あんっ……！」

美千代は反射的に腰を引いたものの、強く抗おうとはせずに、身体をくの字に折ったまま、動きを止めた。

「そうら、言ったとおりだ。ぬるぬるじゃないか。こんなにオマンコ濡らして……こ

せて……」

「タクシーのシートで、期待感で濡らしたんだな。乳首もこんなにカチンカンにさ

「タ、タクシーです」

こへは何で来た？」

竜成は右手で乳首を捏ね、左手で太腿の奥をまさぐる。

「答えろよ。どうだったんだ？」

「……ぬ、濡れてしまいました。自分でもわかるんです」

「どうしようもない女だな。亭主の留守に不倫して、逢う前からオマンコ、ぬるぬる

にして……そんなに俺としたかったか？　答えろよ！」

「……はい、したかった。苛《いじ》められたかった」

「いいぞ。触って……」

竜成が後ろから勃起で尻を突くと、美千代はおずおずと右手を後ろにまわして、ズ

ボン越しに屹立を撫でてきた。

「しゃぶりたいんだろ？」

「……はい」

「いいぞ。しゃぶって……」

美千代は向き直って、竜成の前にしゃがんだ。

作業ズボンのベルトをゆるめ、ズボンを膝までおろした。

黒いブリーフを持ちあげているイチモツに頬ずりし、斜め上を向いている屹立をブリーフ越しになぞりあげてくる。

それがパツパツになると、ちゅっ、ちゅっとキスをし、それから、舐めてきた。ブリーフの上から肉茎に舌を走らせる。

そうしながら、右手で睾丸から根元にかけて、丹念になぞりあげてくる。

「いいぞ。今度はじかにしろ、許す」

美千代は黒いブリーフをつかんで膝まで引き下ろした。さげたはなから勢いよく飛び出してきた肉の棹を、もう一刻も待てないとでも言うように、握り込んできた。しっかり握って、しごきあげ、うっとりと竜成を見あげてきた。

「キンタマを舐めろ！」

命じた。美千代が姿勢を低くし、上を見あげるようにして睾丸に舌を走らせる。

まったくいやがる素振りはない。

美千代にとって、自分にとびっきりの快楽を与えてくれる男にご奉仕するのは、当たり前のことなのだ。

陰毛が生えている睾丸袋を厭《いと》うことなく、丁寧に舐めあげ、時々、肉竿を握りしごいてくる。

それをするのが、優美な着物姿の部長夫人なだけに、竜成の悦《よろこ》びは大きい。

美千代はさらに顔を傾けて、睾丸を頬張ってきた。

信じられなかった。美千代は片方のキンタマを口におさめ、舌をからみつかせているのだ。

睾丸を舐められた経験はあるが、さすがに、睾丸を頬張られたのは初めてだった。

「亭主にもやってやっているのか？」

気になって訊いた。すると美千代は、

「していません」

と、真顔で答える。

「本当か？　じゃあ、その前の彼氏に仕込まれたのか？」

「……知りません」

そう言って、美千代はまた睾丸を口に含んだ。情熱的に舌を使いながら、睾丸をやさしく転がす。

おそらく、美千代には今の亭主とつきあう前に、サディストの彼氏がいて、そいつが美千代にいろいろと仕込んだのだろう。

それはあまりにもヘンタイ的で、美千代は嫌われるのがいやで、部長にはできなかったし、要求できなかったのだ。

(それで、俺としたときに、その快楽を思い出したわけか)

すべてが腑《ふ》に落ちた気がした。

美千代は睾丸を吐きだすと、さらに身を屈めて、睾丸の付け根から肛門にかけて、舌で刺激してくる。ちろちろと舌先を震わせながら、蟻《あり》の戸渡《とわた》りを巧妙に舐めてくる。

懸命に会陰《えいん》を舌であやしていた美千代が、顔をあげて、睾丸から裏筋をツーッとなぞってきた。

亀頭冠の真裏の敏感な箇所を舌で丁寧に舐め、弾くと、ようやく上から頬張ってくる。

茜色《あかね》に照り輝くカリが全開している亀頭部に唇をかぶせ、短い振り幅で顔を打ち振る。

「んっ、んっ、んっ……」

甘えたような鼻声を洩らしながら、根元を右手で握りしごく。

「あ、くっ……！」

竜成は湧き上がる快感に、奥歯を食いしばった。

気持ち良すぎた。敏感な亀頭冠のくびれを柔らかな唇と舌がリズミカルにしごきあげてきて、ジーンとした痺れにも似た快感が急速にうねりあがってきた。

(このままでは、射精してしまう!)

それを逃れようとして言った。

「指は使うな。口だけにしろ……両手を後ろにまわせ」

美千代はちらりと竜成を見あげた。それから、素直に従って、両手を後ろにまわし、手首を握った。

このほうが、美千代は燃えるはずだ。

美千代が口だけで、頬張ってくる。

大きく顔を打ち振って、唇を表面にすべらせる。

大胆にぐっと奥まで咥えて、ぐふっ、ぐふっと噎《む》せる。だが、吐きだそうとはせずに、ゆっくりと唇を引き上げて、また深く頬張ってくる。

また、陰毛に唇が接するほどに深々と咥え、そのまま舌を裏側にからみつかせてくる。

(たまらんな、美千代は……!)

いろいろな女とセックスしてきたが、これほどに一生懸命にフェラチオする女はいなかった。

美千代が大きく顔を振りはじめた。

みずから背中の後ろで両手をつなぎ、徐々にストロークのピッチをあげていく。

「んっ、ん、んっ……」

くぐもった鼻声を洩らし、しごく振り幅も増す。

後ろで結われた黒髪が躍り、赤い唇が肉棹にまとわりつき、めくれあがる。

ストライプのお洒落な着物をつけて、銀糸の入った帯を締めている。

結いあげられた髪からのぞく楚々としたうなじには、やわやわとした後れ毛が浮かんでいて、その襟足を途轍《とてつ》もなく色っぽく感じてしまう。

その間にも、美千代はジュルルッと唾音とともに、怒張を吸い上げ、ちゅっぽんと吐きだした。

着物の肩で息をして、もう一度しゃぶりついてくる。

今度は亀頭冠だけを狙って、カリを唇と舌で速いリズムでしごいてくる。

くぐもった鼻声とともに、つづけざまに亀頭冠を往復されると、竜成は我慢できなくなった。

「もういい。そこに這え」

フェラチオをやめさせて、美千代をベッドにあげて、這わせた。

ベッドの端まで移動させて、自分はズボンとブリーフを脱いで、蹴飛ばす。転げ出てきた分身は自分でも驚くほどにいきりたって、下腹に向かっている。

床に立ったまま、着物と長襦袢をまくりあげた。

三十六歳の成熟した豊かな尻は、たっぷりの釉薬《ゆうやく》をかけたようにつやつやして、充実しきっている。その底に、女の花園が受精を誘う雌蕊《めしべ》のように甘い香りを放っていた。

しゃがんで、狭間を舐めあげると、

「ぁああ……！」

美千代は心からの歓喜の声をあげ、焦れったそうに尻を揺すった。クンニをやめて、立ちあがった。勃起肉で尻たぶをピタン、ピタンと叩き、

「こいつを入れてほしいか？」

訊くと、美千代は、

「はい……ください」

と、答える。

「しょうがないビッチだよな。良き亭主がいて、連れ子だがかわいい娘までいる。何不自由のない生活を送っているのに、お前のオマンコは俺のチンコが欲しくてしょうがない。どうしようもない女だ……ビッチには罰を与えないとな」

そう言って、竜成はいきりたちで狭間をなぞった。

「……ぁあああ、欲しい……ください。早くぅ！」

美千代がせがんで、尻を突き出してくる。

花肉の上のほうに押し当てて、じっくりと腰を進めると、濡れた箇所にぬるっと落ち込んでいく感触があって、

「ぁあああ……！」

美千代は掠《かす》れた声を洩らして、シーツを鷲づかみにした。

いつも美千代のオマンコは燃えているように熱く滾《たぎ》っている。

両腰をつかみ寄せて、スローピッチでうがつ。

浅瀬をゆっくりと抜き差ししていると、

「あああ、もっと……」

美千代は自分から腰を突き出してくる。

「コラッ、自分から腰をつかうな。浅ましい女だ」

ビシッと尻たぶを叩いた。

「ゴメンなさい……もう、しません」

美千代が謝ってくる。だが、言葉とは裏腹に、尻は微妙に前後に動いている。

「自分から腰をつかうなと言っているだろう！」

もう一度、スパンキングすると、美千代はぴたりと動きを止めた。必死に動かしたいのをこらえているその様子が、竜成をかきたてる。

竜成はスローピッチで律動を開始した。

ゆっくりとすべらせながら、突然、強く打ち込むと、

「ぁあん……！」

美千代は悲鳴に近い声を放って、激しく上体をのけぞらせる。

いつ強く打ち込むかわからない。それを意識させながら、しばらく、緩急をつけたストロークをつづける。

美千代はいつ来るかと、身構えている。

タイミングを意識的にずらして、気を抜いた頃に強く打ち込む。それをしばらくつづけてから、いきなりストレートの連打に切り換えた。

「あんっ……あんっ……あんっ……ぁああ、すごい。届いてるの。奥に届いてる……

ぁあああ、おかしくなる……！」

婚声をあげる美千代の片腕をつかんで後ろに引き寄せ、ぐいぐいと深いところに打ち込んでいく。

「ぁああ、あんっ、あんっ……狂っちゃう。わたし、狂っちゃう……あんっ、あんっ」

「いいんだぞ。狂いたいんだろ？　いいんだ、おかしくなって」

竜成がズドンと奥を打ち据えるたびに、美千代の白足袋《たび》に包まれた足がピョコンと撥ねあがる。

着物姿でベッドに這うという屈辱的な格好を取らせられながらも、美千代はむしろそれが悦びなのという様子で、快楽の声をあげる。

勢いをつけたストロークをつづけざまに叩き込むと、美千代の気配が変わった。

「ぁああ、イクわ……わたし、もうイク……」

「もうイクのか？　早すぎるだろ？」

「ゴメンなさい。でも、でも……ぁああ、イッちゃうの。本当にイッちゃうの」

「ダメだ。イクな。この姿勢で、待て」

そう言って、竜成はある物を用意する。

3

全裸になった竜成は持ってきたバッグから、道具を取り出す。

ローションと指サックとコンドーム。

備え付けのバスタオルをベッドに敷いて、そこに美千代を這わせる。ベッドに道具を置くと、

「な、何をなさるんですか?」

美千代が怪訝な顔をする。

「今日は美千代のケツの穴を開発する。この前、指だけは入るようになっただろ? 今日は……まあ、いい。余計なことは考えなくていい……尻を突き出せ」

美千代はおずおずと尻を持ちあげる。

着物と白い長襦袢が裏側を見せながら、帯を隠してまくれあがり、こぼれでた尻の仄白《ほのじろ》さが眩《まぶ》しい。

光沢を放つ尻たぶの切れ目には、愛らしいアヌスが息づき、その下でさっき犯したばかりの膣が赤い粘膜をのぞかせている。

「冷たいぞ。我慢しろ」

竜成はチューブからローションを絞り出して、谷間に垂らす。

透明な塊になっているローションを伸ばし、アヌスに塗りつける。セピア色の窄まりはきれいな放射状に皺《しわ》が刻まれていて、周辺から徐々に中心へと塗りつけていく。

指が菊花の中心に触れると、

「あっ……！」

美千代がビクンと尻を震わせる。

竜成はじっくりと菊花を揉みほぐしてから、人差し指に指サックを嵌めた。周囲を指でマッサージする。

それから、指を縦にして、窄まりに押し当てた。

ひくひくっと菊花がうごめき、

「いやっ……！」

美千代が訴えてくる。

「いやじゃないだろ？　ケツの穴が気持ち良さそうにひくついてるぞ。指を入れてと訴えている。行くぞ……力を抜け。拒絶するな。普通に呼吸をしていろ」

言い聞かせて、人差し指に圧をかけると、指先がわずかに埋まっていき、

「あっ……！」

美千代がびくっとする。

「いいぞ。そのままだ。息むなよ。ゆっくり呼吸して……そうだ。そうら、入っていくぞ」

圧を加えると、指がぬるぬるっと第二関節まで嵌まり込んでいき、

「あぐっ……！」

美千代の身体がそれを拒もうとして、括約筋が指を締めつけてくる。

「力を入れるな……気持ちいいんだろ？　そうだ。呼吸して……」

竜成が力を込めると、人差し指がすべり込んでいって、

「ぁあああ……！」

美千代がのけぞった。

「そうら、入ったぞ」

竜成は内部をさぐってみる。指先に柔らかくてぐにゅぐにゅしたものがからみついてくる。おそらく、直腸の粘膜だろう。

自分が美千代の内臓を掻きまわしているという思いが、竜成を昂奮させる。

「ああ、しないでください……」

美千代はそう言うものの、腰を逃がすことはしない。おそらく、内臓を貫かれているようで、動けないのだろう。

内臓の感触をたっぷり味わってから、抜き差しを開始する。

人差し指を伸ばしたまま、ゆっくりと出し入れする。粘膜や入口がからみついてくる感触が応えられない。

しばらくつづけていると、美千代の気配が変わった。

「ぁあああ、あうぅぅ……」

と、気持ち良さそうな声をあげる。

「いいんだな?」

「はい……気持ちいい。蕩けそう。何かが抜き取られていく……ぁあああ」

竜成が指の動きを止めると、しばらくして、美千代は自分から腰を振りはじめた。

そうやって、内部を擦られることが快感なのだろう。

「ああ、恥ずかしい……わたし、恥ずかしいことしてる……ぁあああ、あああああ……ねえ、もっとちょうだい。ちょうだい……」

美千代が求めてくる。これを待っていた。

竜成は指を抜き取ると、ギンギンにいきりたっている肉棹にコンドームをかぶせた。

コンドームにもローションを塗りひろげると、美千代の真後ろに膝を突く。

「チンコを入れるぞ」

竜成は勃起に指を添えて、菊花に押し当てる。

慎重に力を込めたつもりだが、ぬるっと上にすべってしまう。

二度、三度と挑戦したが、上手くいかず、さすがに焦ってきた。

すると、美千代は両手を後ろに伸ばして、自ら尻たぶを開いた。アヌスもひろがって、目標をはっきりと定めることができた。

じっくりと目標に集中しながら、上にすべらないように指を添えて、腰を入れたとき、亀頭部が頑なに拒むとば口を押し広げていく確かな感触があった。

さらに力を入れると、切っ先が温かい内部へと潜り込んでいき、

「ぁあはっ……！」

美千代は声にならない喘ぎを洩らして、がしっとシーツを鷲づかみにした。

「そうら、入ったぞ。おおぅ、入口が締めつけてくる。たまらん……くうぅ」

竜成は挿入したまま、その締めつけに酔いしれた。

膣よりはるかに強い圧力が肉棹にかかり、微塵も動けない。アナルファックが成功したのは、これが初めてだ。

（そうか……こんなにいいものだったのか）

何よりも、自分のチンコが膣ではなく、美貌の人妻の排泄の穴に嵌まり込んでいることが、精神的な優越感を呼ぶ。

締めつけにも慣れて、少しずつストロークをはじめた。

尻をつかみ寄せて、ゆっくりと抜き差しをする。

「ああ、ダメっ……動かないで」

美千代が訴えてくる。

かまわず動いた。下を見ると、抜き差しをするたびに、肛門の粘膜がめくれあがるようにして、肉柱にからみついている。

そして、美千代は徐々に言葉を失くして、ただただ尻の穴を犯されるままになった。

「どうした？　何とか言ったらどうだ？」

「……へんなのよ。わたし、へんなんだわ……だって、気持ちいいの。お尻を犯されているのに、気持ちいいの……ぁあああ、ちょうだい。もっと、わたしを苛めて……メチャクチャにして……」

「そうら、犯してやる」

竜成が両手を腰から離しても、美千代は腰を逃がすことをしない。それに、アヌスとチンコの結合はオマンコよりずっと強く、一度嵌めたら、よほどのことがない限り、抜けないようだ。

竜成は両腕を胸板の前で組んで、腰だけをつかう。

「あっ……あっ……ぁあああ、へんよ、へん」

美千代が上体を低くして、尻を持ちあげた姿勢で言う。

突くたびに、白足袋に包まれた足が撥ねる。まくれあがった着物からこぼれた尻や太腿がぶるぶると小刻みに震えはじめた。

「イキそうか？」

「わからない。わからないわ……助けて……」

「ダメだ。助けない。お前がイクまでやめない。そうら、イケよ」

竜成はふたたび美千代の右手を後ろに引っ張って、徐々に打ち込みのピッチと強度をあげていく。

「いやぁあああ……あんっ、あんっ……いやぁああああ！」

美千代は嬌声を張りあげて、シーツを持ちあがるほど両手で握りしめている。

強烈な締めつけにあって、竜成も一気に高まる。

つづけざまに打ち据えたとき、

「いやぁあああああ……！」

美千代が悲鳴に近い声を放ち、竜成もぐいと打ち込んだとき、熱いものが駆けのぼってきて、細くなった輸精管を押し広げた。

初めて味わう強烈な射精感のなかで、駄目押しとばかりにもう一撃浴びせたとき、美千代はがくがくっと震えながら、前に突っ伏していった。

竜成はしばらく余韻を味わってから、肉茎を抜き、

「俺はシャワーを浴びる。美千代も着物を脱いで、シャワーを浴びろ」

スマホを持って、バスルームに急いだ。

シャワーを浴びる前に、スマホで恭平に電話をした。すぐに恭平が出た。

「こちらの準備はととのった。そちらはどうだ？」

『遥香さんは竜成さんに逢いたくてしょうがないようです。かなり酔っ払っています』

「そうか……じゃあ、連れてこい。俺が待ってると言えば、喜んで飛んでくるよ。お前も一緒に来るんだぞ。裏切ったらどうなるか、わかってるよな？　タクシーで来いよ。もう一枚のカードキーはフロントに預けてある。名前を出せば、くれるから。いきなり入ってこい。静かにな。美千代に気づかれないように。わかったな。切るぞ」

竜成は電話を切った。

(大丈夫だ。恭平は絶対に遥香を連れてくる)

そう確信して、竜成はバスルームでシャワーを浴びる。

4

恭平は竜成からの電話を受けると、店にタクシーを一台呼んでくれるように頼んだ。それから、席に戻り、すでに酔いがまわって、ぼぅとした目をしている遥香に伝えた。

「竜成さんからです。今、事情があって、駅前のホテルにいるらしくて……遥香さんを連れてくるように言われました。タクシーを頼みました。行きましょう」

「……だけど、竜成はどうしてホテルにいるの?」

「遥香さんと一夜を過ごしたいからじゃないですか? 今夜は部長も視察旅行で留守にしているんでしょ?」

「ふふっ、そう……」

「俺が連れていきますから。部屋に案内したら、すぐに俺は出ていきますから」

「わかったわ。行く。すぐに行く……」

「今、タクシーを呼んでもらっていますから」

「ふふっ、段取りがいいのね。元先生だと、そういうこともできるのね？」

二人はレジに向かい、恭平が支払う。

外に出て、すぐに来るというタクシーを待っていると、

「わたし、酔ったみたい」

と、遥香が腕をからめてきた。

竜成の顔が浮かんだが、そのままにしておいた。

遥香は、恭平が竜成の親友だとわかっていて、腕をからめ、胸のふくらみを押しつけてくる。いくら酔っていたとしても、普通ならしないだろう。

元々、男が好きなのだ。そして、男に抱かれることも。

竜成は、遥香はマゾだと言っていた。猿ぐつわをされ、両手を縛られて、荒々しく責められて燃え上がるタイプだと。

（いいんだ。こういう女なんだから……許される）

恭平は自分に言い聞かせる。

すぐにタクシーがやってきて、二人は後部座席に乗り込んだ。

運転手に行き先を告げると、無愛想な中年男性の運転手は無言で、タクシーを発進させる。

遥香は思ったより酔っているのか、頭を恭平の肩に凭《もた》せかけて、ブラウスの胸を押しつけつづけている。

（この子、母親が自分の恋人とセックスしている姿を目《ま》の当たりにしたら、どういう顔をするんだろうか？）

それを思うと、必然的に自分がこれから決行しようとしていることへの、様々な思いが脳裏をよぎる。

（本当にいいのか？　こんなことをしたら、俺は地獄に落ちるぞ）

竜成に母娘相姦の手助けをするように頼まれて、恭平は気が触れそうなほど懊悩した。

竜成が言うように、恭平が家庭教師をしている教え子と母親との肉体関係を持っていることをばらされたら、恭平は家庭教師を絶対に辞めなければいけないだろし、会社も退職に追い込まれるだろう。

（俺はやりたくてやるんじゃない。脅迫されて、仕方なく力を貸すのだ。俺は加害者ではなく、被害者だ……いや、違う。それは言い訳だ。俺は自発的にやろうとしてい

るんだ）

じつは恭平が決心したのには、ひとつの要因があった。あれからまた、自分が多胡唯花を抱いてしまったことだ。

唯花の家庭教師をしているとき、部屋で唯花が心配そうに言った。

『先生、どうかした？　暗いわよ』

『いや……何でもない』

『ふふっ、唯花が先生に元気をあげる』

椅子に座っている恭平の前に唯花はしゃがみ、ズボンとブリーフをさげた。

『ダメだ。やめなさい。もう、こういうことはやめよう』

いったんはそう突き放した。

竜成に言われて、恭平は我に返った。

今からでも遅くはない。唯花との肉体関係を絶とう。絶つべきだ。

それができたら、自分も竜成の提案を撥ねつける勇気が出るかもしれない。

そう考えていた。

だから、あのとき、いったんは唯花を突き放した。だが、唯花は怯まなかった。

『そんなこと言っていいの？　わたし、先生に裏切られたら、希望を失う。受験勉強にも身が入らなくなる。それじゃあ、先生も困るでしょ？　大丈夫。今日は口でするだけだから』

恭平を見あげて言って、唯花は一気に肉茎を頬張ってきた。

『やめろ……ダメなんだ。こんなこと……』

恭平は唯花の顔をつかんで、引き離そうとした。だが、唯花は力ずくで肉茎を口に含み、なかで舌をからませた。

ねろり、ねろりとなめらかな舌が裏筋を這うたびに、理性が薄れ、オスの本能が急速にふくれあがった。

気づくと、恭平の分身は雄々しくいきりたち、

『ほらね、すぐにこんなになった……』

唯花はうれしそうに微笑み、またしゃぶりついてきた。

根元を握りしごかれ、ずりゅっ、ずりゅっと大きく亀頭冠を唇でしごかれたとき、恭平は自分の正体を思い知らされた。

両親が在宅していたにもかかわらず、唯花に勉強机につかまらせ、ミニスカートの奥に息づく女の証《あかし》に、勃起を打ち込んだ。

唯花の花園はすっかり恭平の肉柱に馴染み、とても十九歳とは思えない柔らかさで

分身を包み込んできた。

そして、唯花は必死に声を押し殺しながら、絶頂に昇りつめたのだ。

翌日、竜成とスナック泉で呑んだとき、恭平は竜成の提案を受け入れることをを伝えた。


タクシーの後部座席で、恭平は股間に何かが触れるのを感じた。ハッとして見ると、それは遥香の指だった。

遥香は頭を肩に凭せかけ、目を閉じたまま、ズボン越しにイチモツを静かに触る。運転手にばれないようにゆっくりとした動きで、徐々に硬くなる肉茎を撫でたり、握ったりする。

恭平がいつも使っている小さいリュックで、何気にそこを隠すと、安全だとわかったのだろう。

遥香は力を込めて、ズボン越しに勃起を握り、しごいた。そうしながら、ぐいぐいと胸のふくらみを押しつけてくる。

彼氏の親友と知っているのに、どうしてその親友を誘惑するようなことをするのか、理解できない。

深い考えはないのかもしれない。ただ酔って、気持ちが解放され、したいことをしているだけなのだろう。あるいは、竜成とのセックスへの期待感で、身体が疼いてしまっているのか？

遥香の指がズボンのファスナーをおろして、ブリーフのクロッチから右手をすべり込ませてきた。じかに、勃起を握って、その硬さや形を確かめるようになぞり、握ってしごきだした。

そうしながら、スカートの下の太腿をずりずりと擦り合わせ、腰を後ろに引き、前に突き出してくる。

おそらく、そこを触ってほしいのだろう。

だが、もうそろそろタクシーはホテルに到着する。

うねりあがる快感をこらえていると、車が速度を落として停車した。

「お客さん、着きましたよ」

運転手の事務的な声がして、遥香は身を起こし、恭平もファスナーをあげて、料金を支払った。

5

「本当に、ここに竜成がいるのね？」

３０８号室の前で、遥香が確かめるように言った。エレベーターであがってくる間にしゃきっとして、モードが切り替わっていた。

「ええ、いますよ。待ってください。驚かしたいんです。これですよ」

恭平は唇の前で一本指を立てた。それから、フロントで受け取ったカードキーで施錠を解き、ドアを開ける。恭平が先に入り、遥香を引き入れる。入るなり、

「あんっ、あんっ、あんっ……！」

さしせまった女の喘ぎ声が聞こえてきた。

煌々《こうこう》とした明かりの下で、全裸に剝かれ、背中で両腕をくくられた清水美千代が、竜成にバックから貫かれていた。

二人の入室した気配が、流れているＢＧＭにかき消されているのか、それとも昇りつめる寸前で気づく余裕がないのか、

「ああ、すごい……竜成さん、気持ちいい。気持ちいい……あんっ、あんっ、あん

っ……」

窓側のベッドに言わされた美千代が甲高く喘いだ。次の瞬間、

「……何してるのよぉ！」

恭平の後ろにいた遥香が前に進み出た。

バックから貫かれて、窓のほうに顔を横向けていた美千代が、ようやく気づいて、こちらを向いた。

目を見開き、そこにいるのが、娘の遥香だと知ると、

「い、いやっ……！」

腰を逃がそうとした。

だが、竜成はその腰をがっちりとつかんで放さない。

それを見た遥香が二人に近づいていって、竜成を引き剝がそうとする。

「恭平……！」

竜成に叱咤されて、恭平は歩いていき、遥香を後ろから羽交い締めにしようとする。

手こずっているうちに、抗う遥香の手が恭平の顔面を掠めた。

そのとき走り抜けた痛みが、恭平を本気にさせた。

もう一度、今度はがっちりと遥香を羽交い締めにする。

「やめなさいよぉ！　放して、放せ！」

遥香は懸命に身体をねじり、足をバタバタさせて逃れようとする。だが、男が本気を出せば、女性が逃れることは難しい。

遥香が今度は矛先を竜成に向けた。

「どうしてよ？　竜成、どうして母さんとしてるのよぉ！」

「どうしてって……最初から、狙いはお前じゃない。美千代さんだったんだよ。遥香はそのために抱いてやったんだ。今夜はお前にそれを知ってもらうために呼んだんだ。お前を抱いたあの夜、俺は遥香と一緒の奥さんを見て、一目惚れした。それで、まずお前を抱いた。わかったか？」

「ウソよ。ウソ、ウソ、ウソ！」

「ウソじゃない。事実だ。自分をわきまえろよ。遥香はこの人と比べたら、まさに月とスッポンだ。お前はただのヤリマンなんだよ。ビッチなんだよ。俺に抱かれたそうだったから、抱いてやった。それだけのことだ」

「違う。わたしはビッチなんかじゃない！」

「……恭平！」

竜成に言われて、恭平は遥香をもうひとつのベッドに押さえつける。

賽《さい》は投げられた。もう引き返せない。やるしかないのだ。

ベッドに置いてある着物と長襦袢から、手を縛れそうなものをさがした。あった。白い腰紐が畳んである。

恭平は遥香の両手を後ろにひねりあげ、重なっている手首を腰紐でぐるぐる巻きにして、ぎゅっと縛った。

「ぐるだったのね。木村さんがこんな人だとは思わなかったわ」

横に倒された遥香が大きな目でにらみつけてくる。

「恭平、煩《うるさ》いから口をふさげ。何かあるだろ？」

竜成が言う。

ベッドに縮緬《ちりめん》でできた紫の帯揚げが置いてあった。それをつかんで、真ん中に結び目を作り、遥香の口に嚙ませて、後ろでぎゅっと結ぶ。

紫色の縮緬の帯揚げで口を真一文字に割られて、遥香は言葉にならない呻きを洩らして、激しく首を振る。

「こっちを見えるように、支えていてくれ。遥香に母親がどんな女なのか、見せてやるから」

竜成に言われて、恭平は遥香を座らせた状態で、後ろから支える。

「見てろよ」

竜成はいったん結合を外して、美千代を仰向けにさせ、両膝をすくいあげた。男から見ても太い肉柱を翳りの底に打ち込んでいくと、

「くうぅぅ……！」

美千代は喘ぎをこらえて、顔を窓のほうに向ける。

竜成はむっちりとした足をつかんで、大きくV字に開かせ、ゆっくりと打ち込んでいく。美千代は必死に声を押し殺していたが、徐々にピッチがあがると、

「んっ……んっ！」

抑えきれない声がこぼれはじめた。

えぐり込まれるたびに、たわわな乳房が縦に揺れ、その大きく波打つ感じが、恭平の視線を釘付けにする。

「どうした？　いつものように声を出せよ。娘がいるから、できないか？　そんなはずはないよな。美千代は俺が娘の彼氏だと知っていて、俺を許した。すぐに、感じてしがみついてくるようになった。美千代のなかでは、遥香は肉親じゃないんだろ？　本当はどうなってもいいと思っている。娘より、自分を選んでいる。そんなお前が、娘の前で貞淑ぶる必要はないんだよ。正体をさらせよ」

竜成が強く打ち据えると、

「あっ……あんっ……ぁあうぅぅ」

我慢が限界を迎えたのだろう、美千代が喘ぎはじめた。

長いストレートの黒髪がシーツに扇のようにひろがり、成熟した裸身が打ち込まれるたびに、ねじれ、

「あんっ……あんっ……あんっ」

心から感じているという声をあげる。

そのとき、うつむいていた遥香が顔をあげた。

義母が自分の恋人だった男のものを受け入れて、高まっていくさまを、怯むことなく見つめている。

この瞬間、遥香の心のなかで、何かが変わったのだろう。

後ろ手にくくられている指が、恭平のズボンのふくらみをさすりはじめた。

恭平の分身はすでに頭を擡げていて、そこを指で触られると、いっそう力を漲らせてくる。

遥香が後ろを振り向いて、視線をズボンのふくらみに落とし、「ううっ」と声にならない声で何かを訴えてくる。

（こうしてほしいんだな）

恭平はズボンとブリーフを脱ぎ、後ろについた。すると、遥香は後ろ手にくくられた状態で、いきりたっているものを右手で握った。

そして、ぐいぐいとしごいてくる。

（遥香は継母に負けたくないんだろうな）

女同士の秘められた性を思った。

遥香は後ろ手にくくられた指で恭平の勃起を握りしごきながら、ベッドの上の光景を見つめている。

竜成と美千代は対面座位の形で唇を合わせていた。

美千代の意識にはすでに遥香の存在などないのかもしれない。情熱的に唇を重ね、唇を貪《むさぼ》り、舌を吸われている。

それを見ていた遥香が、振り返って、くぐもった声で何か訴えてきた。

「今、して、と言ったのか？」

恭平が訊くと、遥香がうなずいた。

「いいのか？」

遥香がまたうなずく。

おそらく、義母と彼氏の濃厚なセックスを見せつけられて、自分もと考えたのだろう。勝気で男好きの遥香なら、そういう思考になってもおかしくはない。

恭平はブラウスのボタンを外し、ブラウスをはだけた。水色の刺しゅう付きブラジャーをぐいと押し上げると、巨乳と呼んでも差し支えのない乳房がこぼれでた。

巨乳に圧倒されながらも、恭平はスカートを脱がせ、水色のパンティを足先から抜き取る。

下腹部には黒々とした恥毛がびっしりと張りついている。

「いいんだ？」

訊くと、遥香は大きくうなずいて、ちらりと隣のベッドを見た。

そこでは、竜成の上になった美千代が、後ろ手にくくられたまま腰を前後に揺すっては、

「ぁあああぁ、あああぁ……いいの。竜成さん、いいのよぉ」

まるで、娘に聞かせるようにあからさまな声を出し、腰を激しく前後に打ち振る。

義母の浅ましい姿を見た遥香は、恭平を見あげて、ズボンの股間に顔を寄せてきた。

「わかった。待ってて」

恭平はズボンとブリーフをおろし、シャツも脱いで、裸になった。

おそらく、もう遥香は助けを求めたりはしないだろう。そう考えて、帯揚げの猿ぐつわを外してやる。

そそりたっている肉柱を見て、遥香がしゃぶりついてきた。

ギンとしたものを一気に口に含み、後ろ手にくくられた姿勢で顔を打ち振る。

ぴっちりと締めた唇を大胆にすべらせ、ぐっと奥まで呑み込む。ぐふっ、ぐふっと噎せながらも、決して放そうとはしない。

「んっ、んっ、んっ……ずりゅゅゅ！」

高速で唇を往復させ、唾を啜りながら引きあげる。

また深く頬張って、なかで舌をねっとりとからませる。それがギンギンになると、遥香はちゅるっと吐きだして、言った。

「そこに寝て……あれと同じことをしたいから。わたしのほうが、もっと上手くやれる」

隣のベッドでは、美千代が両膝を立ててM字開脚した姿勢で、スクワットでもするように腰を上下動させて、

「あんっ……あんっ……ああ、すごい……突いてくる。お臍《へそ》に届いているわ……ぁあああ、気持ちいい……竜成さん、気持ちいいのよぉ」

まるで、遥香に聞かせようとでもするように大きな声をあげる。

それを見て聞いて、遥香がぎりぎりと奥歯を食いしめるのがわかった。

恭平がベッドに仰向けに寝ると、遥香がまたがってきた。

手が使えないから、恭平はイチモツをつかんで固定させる。遥香が屹立めがけて腰を沈ませてきた。肉柱がとても窮屈な粘膜の道を押し広げていき、

「ぁあああ、いい！」

遥香がのけぞった。

それから、両膝を突いたまま、腰を前後に揺すりはじめた。ギンとした肉茎を奥まで咥え込んで、それを揉み込むように腰を振っては、

「ああ、すごい……恭平のオチンコ、気持ちいい……竜成より、ずっと気持ちいい……ぁああ、長くて奥をぐりぐりしてくるの。恭平、好きよ。あなたが好きよ」

そう言って、いっそう激しく濡れ溝を擦りつけてくる。

もちろん、それが竜成を嫉妬させるための言葉であることくらいはわかる。

二人の女がひとりの男を巡って、セックスで競い合い、見せつけ合っている。

恭平は女の深遠を知った気がした。

やがて、遥香は膝を立ててM字に開き、腰を縦に振りはじめた。不自由な姿勢で腰

を打ちおろして、

「あんっ……！」

と喘ぎ、引き上げておいて、振りおろしてくる。

今にも泣きださんばかりの顔を見せて、ハッ、ハッ、ハッと息を切らしながら、尻を打ち据えてくる。

「あんっ……！」

恭平が下から突きあげると、切っ先が深々と奥をえぐって、
遥香が喘ぎながら、ぐらぐらと身体を揺らす。

「こっちに」

遥香が上体を重ねてくる。後ろ手にくくられた遥香の背中と腰を抱き寄せて、ぐいっ、ぐいっ、ぐいっとえぐりたてた。

「ぁああ、これよ……あん、あん、あん……イクよ。イッちゃう！」

遥香が折り重なりながら、逼迫した声を放った。

「いいよ、イッて……イッていいよ」

恭平がつづけざまに突きあげたとき、

「イク、イク、イッちゃう……いやぁあああああ！」

嬌声を噴きあげた遥香が、がくんがくんと痙攣した。

6

ぐったりした遥香を上から見おろし、息をととのえていると、

「こっちへ来てくれ」

竜成が手招きする。近づいていくと、まさかのことを言った。

「俺の代わりに、美千代を腹に乗せてやれ」

「わからないのかよ？　騎乗位だよ。さっき、俺がやっていただろ？」

「……でも、美千代さんは……」

「いいんだよ。美千代、恭平にまたがれ。できるよな？」

「……竜成さんがそうおっしゃるなら」

「そうおっしゃってるんだよ。いいから、恭平はここで仰向けになれ」

恭平は言われたように、ベッドに仰臥する。

すると、美千代は自分からまたがってきた。恭平がいきりたつものに指を添えると、さぐりながら腰を落とす。

長い間、貫かれて、いまだ口を開いている膣口が恭平の勃起を受け入れて、

「ぁあああぅぅ……」

美千代は顔を撥ねあげる。

恭平にもつながった悦びが込みあげてくる。

この美貌の人妻の体内は熱く滾っていて、まだ入れただけなのに、波のようにうごめいて、恭平の分身を締めつけてくる。

(こんなに具合が良かったのか……)

遥香も締める力が強いが、美千代の場合は熟れ切った粘膜が包み込みながら、吸いついてくる。

「名器だろ？」

竜成に訊かれて、恭平はうなずく。

「美千代、そのまま前に倒れろ。早く！」

「どうなさるんですか？」

美千代が不安そうに訊いた。

「すぐにわかるよ。このために、さっき開通させておいたんだからな。そのままだぞ。気持ち良くしてやるからな」

そう言って、竜成は美千代の背中を舐めた。

「あっ……！」

びくっとした美千代が慎重に折り重なってきた。両手を後ろ手にくくられたままで、ふらつくその上体を恭平は両手で抱いてやる。

恭平の開いた足の間にしゃがんだ竜成が、何かをチューブから絞り出して、それを美千代の尻の谷間に塗りはじめた。たらっと垂れてきた冷たいものを、恭平も下腹部に感じて、それがローションであることがわかった。

竜成は塗りながら、尻の穴をマッサージしているようだった。

（もしかして……！）

アナルセックスをしようとしているのではないか、と思いつつ、ちらりと隣のベッドを見た。

そこでは、横臥した遥香がじっとこちらを見つめている。

その間に、竜成は勃起にコンドームをかぶせた。

「恭平、足を閉じてくれ」

言われるままに恭平は足を閉じて、伸ばす。

すると、その両側に足を置いて中腰になった竜成が、いきりたつものを尻たぶの谷

間に擦りつけて、

「ローションでぬるぬるだ。これなら、ぬるっと嵌まりそうだな。肛門がひくひくして、入れられたがってるぞ。ダメだ。力を抜け。ただでさえ、狙いにくいのに、恭平のチンコがオマンコにずっぽり埋まっていて、狭くなっているんだ……くそっ、すべるな」

「ああ、竜成さん。怖いわ。無理よ」

美千代が弱々しく訴える。

「平気だ。ビデオじゃ、何度も見ているから、できるはずだ。前と後ろに棹を二本、咥え込むなんて普通だぞ。美千代だって、体験したいだろ？　絶対に気持ちいいと思うぞ……腰を逃がすな。恭平、しっかりと押さえろよ」

恭平は美千代の背中と腰を動かないように、抱き寄せる。

何度も失敗を繰り返していた竜成が、

「おっ、もしかして入ったかも？　そのままだぞ。拒むな。呼吸をしろ。息むな……そうだ」

次の瞬間、

「やぁあああ……！」

美千代が悲鳴に近い声を放った。

「おおぅ、入ったぞ……動かしてみるか」

竜成は腰をつかみ寄せて、ゆっくりと腰をつかった。

「おいおい、恭平、お前のチンコがわかるぞ。膣と大腸の間の壁は薄いっていうからな。だけど、キモイな。まあ、いいか。親友だからな」

そう言って、竜成は両足で踏ん張って、腰を振る。そのたびに、硬いものが行き来するのが、恭平にもわかる。

竜成がストロークをつづけていると、

「竜成さん、もうダメっ……お尻が裂けるぅ」

美千代が訴えてきた。

「じゃあ、恭平。お前が動け。突きあげてみろ。やれよ」

竜成に叱咤されて、恭平は下から撥ねあげる。

斜め上方に向かって分身が行き来して、さっきより狭く感じる膣を擦りあげていき、

「あっ……あっ……ぁああ、気持ちいいの……これ、気持ちいいのよ……」

美千代が心から感じている声をあげる。

「いいぞ。イッて……イキたいだろ？」

「はい……イキたい。イカせてください」

「恭平、突きあげつづけろ。俺も突くからな」

恭平はつづけざまに撥ねあげてやる。

ここまで来ると、もう理性とか抑制の気持ちは消えていた。今はただ、この狂った嵐に身を任せていることが気持ち良かった。

竜成も頃合いを見て、突いてくる。

二人のリズムが合うときも、合わないときもある。だが、美千代はその乱調が快楽につながるのか、

「ぁあああ、わたし、メチャクチャにされてる。こうされたかったの。苦しいけど、気持ちいい……これよ、これが欲しかった。ぁあああ、イクわ。わたし、イク……いいのね。狂っていいのね？」

逼迫した声で訊いてくる。

「いいんだぞ。狂っていいんだぞ」

「はい……あんっ、あんっ、あんっ……ぁあああ、幸せよ。わたし……ぁあああああ、イキそう……イカせて……あんっ、あんっ、あんっ……やぁあああああ！」

美千代の甲高い喘ぎが部屋中に響きわたり、汗でぬめる紅潮した色白の肌に痙攣の

波が走り抜ける。

「あっ……あっ……」

美千代はおそらくこれまで味わったことのない絶頂に昇りつめているのだろう。痙攣がおさまると、がっくりとして微塵も動かなくなった。

恭平と竜成は美千代から離れる。

二人ともまだ射精はしていない。いまだ猛々《たけだけ》しいものの粘液を拭いていると、遥香の声がした。

「竜成さん、わたしにも同じことをして……あの女には負けたくない」

ベッドに座って、哀願するような目を向けてくる。

「遥香、ほんとお前はどうしようもないビッチだな。自分の母親が二人がかりで犯されたのに。普通は悲しむか、男たちを憎むだろ？　なのに、お前は同じことをしてほしいって……このクソ女《あま》が！」

竜成は、遥香の髪をつかんで、ベッドに引き倒した。

「お前の頼みを聞いてやるよ。ただし、その前に二人がかりでオマンコしてやる。チェックアウトまで時間はたっぷりある。その代わり、遥香は美千代さんとともに俺たちのセックス奴隷になるんだぞ。できるか？」

「はい……肉奴隷になります。肉便器になります」

「かわいいことを言うじゃないか。わかった。ずっとかわいがってやるよ……まずは一発やらせてもらおうか」

竜成は遥香の膝をすくいあげて、いきりたつものを正面から打ち込んでいく。

「ぁああ、すごい……竜成、すごいよ。ぁあああ、気持ちいい……あんっ、あんっ、あんっ……」

恭平は二人の姿を見て、気持ちがスーッと退《ひ》いていくのを感じていた。


一カ月後、恭平は駅のプラットホームで、福岡行きの特急が来るのを待っていた。隣には、入場券で入った竜成がいる。竜成が言った。

「まさか、会社を辞めるとは思わなかったよ。悪かったな、お前を引きずり込んで」

「いいんだ。あんたについていこうと思った。だけど、無理だった。竜成さんを恨んでいないから」

「お前、本当にやさしいんだな。普通、俺を憎むだろ？」

「いや、憎んじゃいないよ。俺がどっちつかずだったんだ」

「……で、これから、どうするんだ？」

「しばらく福岡に住もうと思ってる」

「そうか……恭平なら、家庭教師もできるだろうし、塾の講師だってできるんじゃないか？　途中で放りだしちゃったけど、家庭教師の教え子、成績急上昇だっていうしな」

「そうだな。塾の講師なんかいいかもしれない。だけど、採用されるかどうかはわからないけど、また教師に戻るのもありかなと思ってる」

「……大丈夫かよ？」

「それは、やってみないとわからない。よくわからないけど、このままじゃあ、終われないって気持ちだ。竜成さんは結果的に、ぬるま湯につかっている俺を叩き起こしてくれた」

「お前みたいなのを、お人好しって言うんだ」

竜成が笑ったとき、福岡行きの特急がブルーの車体を光らせて、入線してきた。停止して、竜成が乗り込もうとすると、

「先生！」

ミニスカートの女の子が手を振りながら、駆け寄ってくる。多胡唯花だった。走り

寄ってきた唯花が恭平の手を握って、言った。

「先生、大丈夫よ。わたし、絶対に合格するから」

「ああ、合格したら、連絡をくれ」

「わかった。先生とはまだ終わっていないからね」

恭平は無言で、唯花を見つめた。

そのとき、発車のベルが鳴り、二人は手を放した。

すぐにドアが閉まり、恭平は指定席に向かう。

特急が出発して、駅を離れ、手を振る二人の姿が見えなくなった。

途端に、複雑な思いが胸に込み上げてきて、恭平は手で口を覆って嗚咽《おえつ》をこらえた。


（了）

＊本作品はフィクションです。作品内の人名、地名、団体名等は実在のものとは関係ありません。

長編小説

田舎《いなか》のふしだら団地妻《だんちづま》

霧原一輝《きりはらかずき》

2024年9月2日　初版第一刷発行

ブックデザイン……………………… 橋元浩明（sowhat.Inc.）

発行所………………………………… 株式会社竹書房
〒102-0075　東京都千代田区三番町８－１
三番町東急ビル６Ｆ
email：info@takeshobo.co.jp
https://www.takeshobo.co.jp

印刷・製本……………………… 中央精版印刷株式会社